KB150455

이 책은 지극히
전지적 월세 시점으로 쓰여졌습니다

호모자취엔스

# 호모 자취엔스

**초판 1쇄 발행** 2017년 1월 18일

**지은이** 노수봉
**펴낸이** 이지은 **펴낸곳** 팜파스
**기획편집** 박주혜
**디자인** 조성미 **마케팅** 정우룡
**인쇄** (주)미광원색사

**출판등록** 2002년 12월 30일 제 10-2536호
**주소** 서울특별시 마포구 어울마당로5길 18 팜파스빌딩 2층
**대표전화** 02-335-3681 **팩스** 02-335-3743
**홈페이지** www.pampasbook.com | blog.naver.com/pampasbook
**이메일** pampas@pampasbook.com

값 14,800원
ISBN 979-11-7026-140-7 (03180)

ⓒ 2017, 노수봉

· 이 책의 일부 내용을 인용하거나 발췌하려면 반드시 저작권자의 동의를 얻어야 합니다.
· 잘못된 책은 바꿔 드립니다.

이 도서의 국립중앙도서관 출판시도서목록(CIP)은 서지정보유통지원시스템 홈페이지
(http://seoji.nl.go.kr)와 국가자료공동목록시스템(http://www.nl.go.kr/kolisnet)에서
이용하실 수 있습니다.(CIP제어번호: CIP2016032644)

노수봉 지음

# 호모자취엔스

팜파스

아침이면 알람세팅보다 10분 이른 시각, 엄마의 목소리가 나를 깨우고,
냉장고 문을 열면 몇 개만 꺼내도 진수성찬이 되는 밑반찬이 손에 치이고,
쉐리향이 은은하게 뿜어져 나오는 수건은 무심히 쌓여있고,
추운 날엔 가스비 걱정 없이 아지랑이 필 때까지 난방을 사정없이 돌리고,
'다녀오겠습니다-'와 '다녀왔습니다-'라는 말 한 마디 던지면 따뜻한 대답이 메아리치던 곳.

평생을 살아온 '우리 집'을 떠나 도시 한복판 '내 집'을 구해 혼자 덩그러니 살아가는 일, 자취.
이 척박한 세상에 자신만의 둥지를 튼다는 것은 인생의 대단한 도전임이 분명하다.

그저 길가의 풍경에 불과했던 부동산이 눈에 밟히는 이상 현상을 겪으며,
부동산 창문에 붙은 억, 소리 나는 매물시세에는 주눅 들지 않아야 한다.
또, 중개업자에게 구하는 방의 조건을 얘기할 땐 괜히 움츠러든 마음을 다독거려야 하고,
나보다 훨씬 연세가 지긋하신 집주인과 옵션 협상할 땐 치열한 눈빛 싸움을 해야 한다.
그렇게 평생 겪어보지 않은 기 싸움 신세계에 입문하여 구해야 하는 자취방.

왜 자취방은 자취'집'이 아니라 자취'방'이라 부르는 것이 입에 더 착! 붙을까?
엄마 집, 이모네 집, 할머니네 집. 여태껏 누군가 사는 곳을 '집'이라 말해왔으면서.
그 이유는 손바닥 만 한 공간에 주방, 침실, 화장실이 옹기종기 모여 있는
특이한 주거형태 때문일지도 모른다.

이 독특하고 유별난 주거형태에 서식하면서,
우리는 내 삶의 가장이 되며, 나와 내가 동거하는 기이한 경험을 겪게 된다.

그 기이한 경험의 시작은 애석하게도 고독과 외로움이 가장 큰 지분을 차지한다.
주말엔 하루 종일 인어공주처럼 말 한 마디 없이 지내거나,
저녁 11시 35분 '옹기종기'라는 말의 위대함에 무릎 꿇기도 하니까 말이다.

그렇다고 해서 자취생활이 늘상 궁상맞거나 외롭지만은 않다.
센치병에 노출되기 쉬운 최적의 환경일지라도
자신만의 둥지 속에서 나름의 풍류를 창조해내고 또 그것을 매일 적금해가면
어느새 인생에 없던 낭만적 삶이 한 뼘 쌓여 있을테니 말이다.

이 책은 사회초년생이 서울 강남 한복판에 8평 둥지틀기부터 소박한 풍류를 즐기기까지의
우여곡절을 담은 마이크로 섬세한 이야기이자,
가장 독특한 주거형태에서 스스로 진화하는 신인류, 이른바 호모 자취엔스를 위한
9년간의 자취 노하우를 담아낸 자취 실용서이다.
깨알 같은 생활 공감과 누구나 알면서도 아무도 알려주지 않았던 자취 팁으로
자신만의 풍요로운 삶을 창조해 내는데 도움이 되길 바라면서.

차례

벌거라도 물어봐요

prologue

자취의 서막

# 캐릭터 소개

노수봉

20여 년을 언니들과 같은 방을 쓰면서 독립의 꿈을 야무지게 키워옴.
대학시절 첫 자취를 시작으로 아둥바둥 서울자취중.
북유럽st 인테리어를 꿈꿔왔지만 다이소와 각종 캐릭터 용품으로
어린이집st이 된 방에서 서식하고 있다.
아직도 달걀 껍질이 음쓰인지 고뇌하는 자취 미생.

가족

엄마
살아있는
걱정인형.
자취반대세력.

아빠
가족 중
짤 최다 보유.
텍스트 대신
짤로 대화 가능.

첫째 언니. 콩냐
질투왕.
항상 가오리핏
상의를 고집함.

둘째 언니. 다히노이
집안의 절대권력.
엄마의 절대총애.
입 여는 순간
희대의 악플러로 변신.

남동생. 진이
직업군인.
노수봉이 딸로 태어난 덕분에
세상의 빛을 봄.
별로 안 친해서 몇 번 안 나옴.

## 회사 사람들　※사회생활을 하면서 겪은 인물을 섞어 만든 상상의 동물들

**송충이 과장**
노수봉 사수.
연쇄언어살인마.
애정결핍으로 추정.

**팀장**
세상 둘도 없는
긍정왕. 야근도
주말출근도 긍정
긍정긍정몬.

**최대리**
모든 순간을
SNS에 백업.
모든 문장을
해시태그로 말함.

## 친구들

**소현**
자취 요리왕.
셀프 네일왕.
언제나
인생 꼼수
조언 잘 해줌.

**수진**
카드캡터 체리같은
정의의 아이콘.
센캐지만 곰인형
좋아해서
십 년째 의아함.

**수경**
매사에 냉정한 조언.
그래놓고 후회하는
독특한 성격.
무지 St 라이프를
지향하는 깔끔왕.

## 기타

**김월급**
노수봉 월급의 정령.
영양실조 5기.

**공과금 고지서**
제때 못내서
독촉독촉장몬
으로 진화.

**얼린 음쓰**
버릴 타이밍 놓쳐서
냉동실에 얼음보다 많음.

# 방 구할 때 기본대사 & 표정

원하는 방 형태 →
살짝 낮춰 부르기 →
나중에 급등장 함. →

많이 보고 온 척. ↘

나중에 안된다고
밝히는 경우있음. →

안녕하세요.

원룸 구하려는데요.

보증금은 ○○○에 월세는 ○○요.

참, 관리비 포함으로요.

위치는 ○○ 근처면 좋겠고,

옵션은 ○○ 필요해요.

아, 이 주변 몇개 좀 보고 왔어요.

입주시기는 ○○ 생각해요.

아, 전입신고 되는 곳이죠?

표정은 위풍도 당당하게

쫄지말자! 내 자취방 두어!
당신의 내면연기를 응원합니다

# 이것만 체크하면 평타! 방구할때 확인하자!

- [ ] 수압 체크 (세면대 물을 틀어놓고 변기물을 내려보자)

- [ ] 곰팡이 / 결로 여부 (도배로 덧댔는지 살펴보자)

- [ ] 싱크대 / 하수구 악취 체크

- [ ] 방충망 / 방범창 설치여부 (은근히 추가비용 든다)

- [ ] 창문 크기가 충분한지 (창문 열었을 때 사생활 보호가 되는지)

- [ ] 개미 / 바퀴벌레 흔적 여부

- [ ] 낮엔 일조량이 충분한지, 밤엔 안전한 길인지

- [ ] 주변 환경 (건물위치는 괜찮은지 , 편의점 등 편의시설 유무)

- [ ] 교체 및 수리 가능 여부 (도배 / 장판 / 보일러 등 옵션)

- [ ] 공실기간 (너무 장기간 비었으면 그 이유는 무엇인지)

- [ ] 이웃집엔 어떤 가구가 사는지 (층간소음 확인)

- [ ] 근저당권 설정액 (등기부등본으로 확실하게)

- [ ] 전입신고 가능 여부 (불가 시 전세권 설정은 되는지)

# 자취방 후보배틀! 특징을 메모하자!

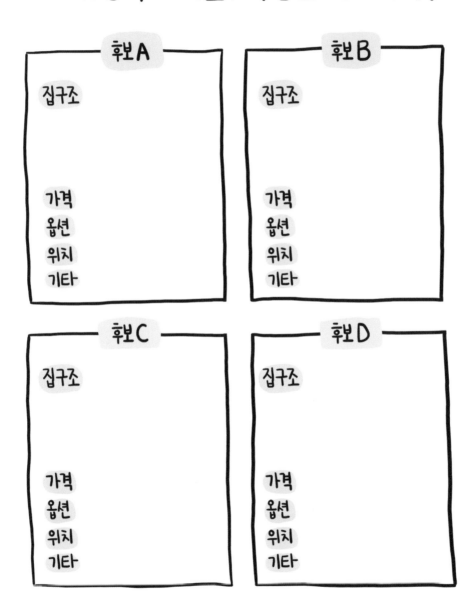

# 자취방 구하는 과정

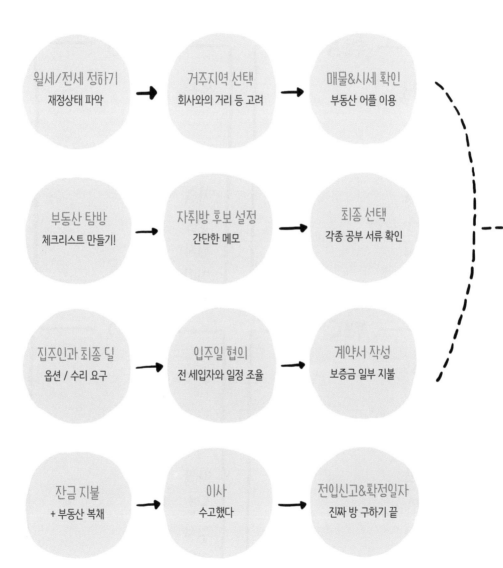

월세/전세 정하기
재정상태 파악

거주지역 선택
회사와의 거리 등 고려

매물&시세 확인
부동산 어플 이용

부동산 탐방
체크리스트 만들기!

자취방 후보 설정
간단한 메모

최종 선택
각종 공부 서류 확인

집주인과 최종 딜
옵션 / 수리 요구

입주일 협의
전 세입자와 일정 조율

계약서 작성
보증금 일부 지불

잔금 지불
+ 부동산 복채

이사
수고했다

전입신고&확정일자
진짜 방 구하기 끝

# 자취방에서 다른 자취방 구하는 과정

| 집주인에게<br>계약해지 통보<br>만기 2~6개월 전 | → | 이사일 협의<br>집주인 : 세입자 구할 시간<br>나: 새 집 구할 시간 | → |

 왼쪽과정 그대로

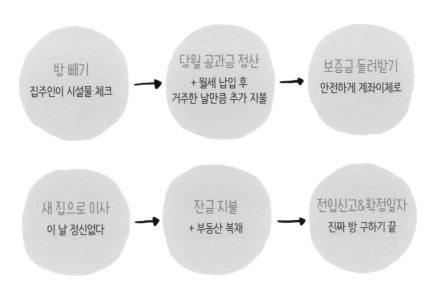

| 방 빼기<br>집주인이 시설물 체크 | → | 당월 공과금 정산<br>+ 월세 납입 후<br>거주한 날만큼 추가 지불 | → | 보증금 돌려받기<br>안전하게 계좌이체로 |

| 새 집으로 이사<br>이 날 정신없다 | → | 잔금 지불<br>+ 부동산 복채 | → | 전입신고&확정일자<br>진짜 방 구하기 끝 |

# chapter 01

## 독립의 시대

-1인 가구로서의
내 집 구하고 계약하기-

면접 후 대기 타고 애도 타던

엄마집에 눌러붙어 살았던 소싯적 백수시절.

인재를 못알아 보다니.

눈알 빠지게 기다리던
한 통의 문자가 왔다.

확인하거라

두근두근
세근세근
네근네근

개떨리는
문자확인

3개월 백수생활이 끝나고

끼옷!
자소설
그만 써도
된다아아~

합격이다!

왕복 3시간 국토대장정 출퇴근이 시작됐다.

뭐지.
이 신종 지옥은

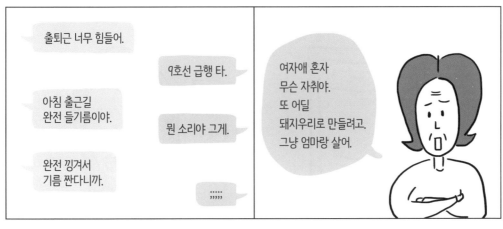

끊임없이 엄마를 설득했지만

자취자취 자취 자 취 자취

엄마는 흥선대원군처럼
강경하게 반대했다.

자취는
서양놈들이나
하는거여

할 수 없이 신뢰장사꾼 다히노이(둘째언니) 소환

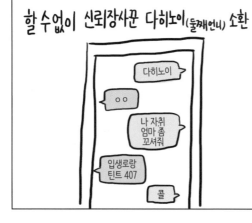

다히노이
○○
나 자취
엄마 좀
꼬셔줘
입생로랑
틴트 407
콜

엄마~

다히노이
(둘째언니)

학창시절부터
올장학금으로
엄마의 무한신뢰.

신뢰로 장사하는
현대판
봉이 김선달.
(현)늦깍이 교정맨

수봉이 자취하게 해줘~ 사회생활 적응도 해야되고
회사 우리 집이랑 가까우니까
내가 자주 갈게 ^^

그래?

수봉아~ 그래
자취해~

대신 월세는
알아서 해결하렴.

예상은 했지만
한 페이지만에
넘어갈 줄이야.

엄마의 윤허가 떨어지고
본격적으로 **방구**하기 시작.

새로 취직한 회사 위치는 강남

전 직장에서 8개월 간 모은 돈이 오백만원

보증금 500에 강남 어딘가의 자취방

이 조건에 맞는 방을
세 가지 방법으로 알아봤다.

방구하기 첫 번째,
회사 근처
부동산을 가봤다.

안녕하세요~
저 방보러 왔는데요.

소개팅만큼
긴장되던
첫만남

어서오세요.
무슨 방 보시게?

원룸?

네, 월세 구해요.
회사가 여기 근처라.

그래요?
보증금은
얼마쯤 생각하시나?

500이요.

쫄지말자
쫄지말자

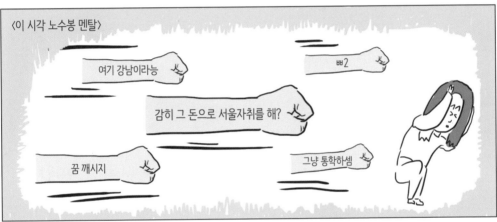

27

내가 만난 중개업자 분들 유형

**1 협박형**

아가씨, 지금
그 돈으로는
이 방 밖에 없어!

**2 홈쇼핑형**

지금 이 방
완전 난리예요.
놓치기 전에 지금
가계약이라도 해요.

**3 진심형**

그 근처는
아가씨 혼자 살기
좀 위험해요.

**4 점쟁이 형**

아가씨는 이 방이
딱이여!

**5 동네형**

...뭐.

오늘의 리빙포인트 ♥

어떤 형을
만나도
기죽지말자 ♥

첫 번째 부동산에서 무시당한

내가 가지고 있는 돈 500만 원.

첫 직장에서 온갖 수모와

스트레스를 받으며

꾸역꾸역 모아낸

그런 돈이었다.

상처를 부여안고 네이버 부동산 카페인
[피터팬의 좋은방 구하기]에 가입했다.

있을까 하고 소심하게 검색했는데

생각보다 많았다.

오 좀 괜찮은데? 하는 물건들은

홈쇼핑 같은 실시간 매진 행렬.

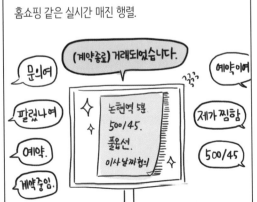

왠지 나랑 같은 조건의 방을 구하는 듯한 경쟁자도
발견했다.

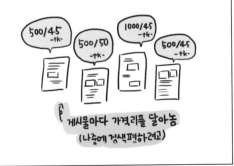

은근히 중독인 매물 구경

피터팬을 한번도 안본 사람은 있어도

한번만 본 사람은 없다.

그러다가 따끈한 게시물을 발견했다.

월세 500/45

손님, 올라온지 3분된 따끈따끈 게시물 입니다.

500/45 방 계약되었나요

아직입니다

방 보러 가도될까요

네~

이 동네에 세면대 있는 화장실까지 딸린 방에 이 가격없어요. 제가 급하게 지방에 가게 되어서.

바로 계약해 버릴까. 피터팬에서 봤던 매물 중에 제일 괜찮은 듯.

딱 하나, 윗집에 처녀보살님 계신 것 빼곤.

처녀보살

헉

가위 잘 눌리는 체질인 나였다.

(어쩐지 스산했어ㅠ一ㅠ)

이번엔 부동산 어플로 알아봤다.

피터팬 카페보다 잘 정리되어서
조건에 맞는 방을 찾기 더 쉬웠다.

괜찮을 것 같은 집은 자취선배인
친구 수진에게 공유.

좀 봐바바바바

별로임

반계단 내려오는
1층은 반지하야
사진 잘 봐바
창문에 쇠창살 있잖아

헐 진짜네

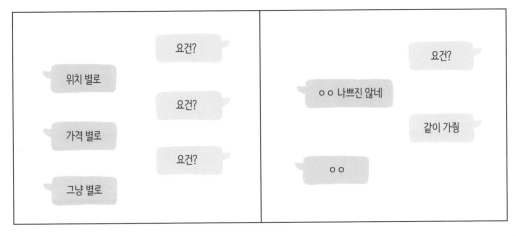

요건?

위치 별로

요건?

가격 별로

요건?

그냥 별로

요건?

ㅇㅇ 나쁘진 않네

같이 가줘

ㅇㅇ

지원군 수진. 대학에서 만난 오랜 친구.

제주살던 그녀는 미대입시를 위해 서울 상경.
고딩 때부터 혼자살이를 했다.

프로 자취er

언제나 서슴없이 날려주는 독설조언.

너 오늘
슬기슬기 사람*같다

ㅋㅋㅋㅋ

＊호모 사피엔스 사피엔스

감성적인 나와 다른
이성적인 그녀와 든든한 동행을 했다.

이 방 진짜 괜찮아요.

오 진짜 괜찮네요.

...

생각 좀 해보고 올게요.

가계약 하시죠?

?

34

35

**부동산.**　　　　　　**뜻풀이.**

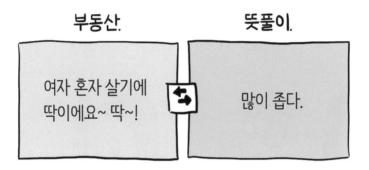

여자 혼자 살기에　　　　많이 좁다.
딱이에요~ 딱~!

자취생을 위한 부동산 번역기

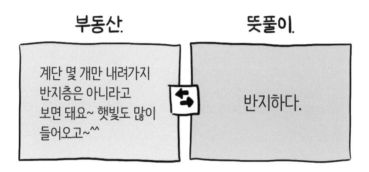

## 자취생을 위한 부동산 번역기

부동산.                          뜻풀이.

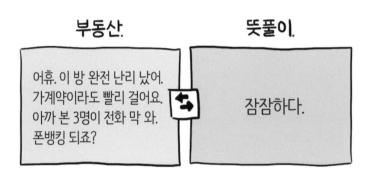

어휴. 이 방 완전 난리 났어.
가계약이라도 빨리 걸어요.
아까 본 3명이 전화 막 와.                    잠잠하다.
폰뱅킹 되죠?

# 자취생을 위한 부동산 번역기

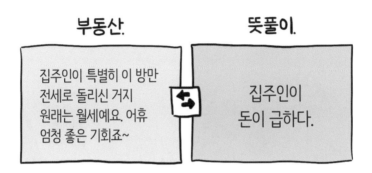

**부동산.**

집주인이 특별히 이 방만
전세로 돌리신 거지
원래는 월세예요. 어휴
엄청 좋은 기회죠~

**뜻풀이.**

집주인이
돈이 급하다.

# 자취생을 위한 부동산 번역기

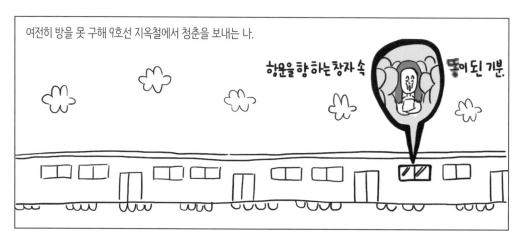

여전히 방을 못 구해 9호선 지옥철에서 청춘을 보내는 나.

항문을 향하는 창자 속 똥이 된 기분.

그 후로도 틈나는대로 몇 군데를 봤지만

방보러 오셨다구요?

← 충격의 삼각팬티

당연하게도 저렴하면 방이 별로고

네... 왕거미랑 사는데 여기 밖에 없겠네요...

이 가격에 이만한데 없어요~

조금 괜찮다싶으면 무지하게 비싸고

2000 /60 관리비 별도!

강남에서 자취방 구하기 진짜 어렵다-
하며 지쳤을 때쯤

신뢰 장사꾼 다히노이(둘째언니)한테 연락이 왔다.

이 방 어떠냐

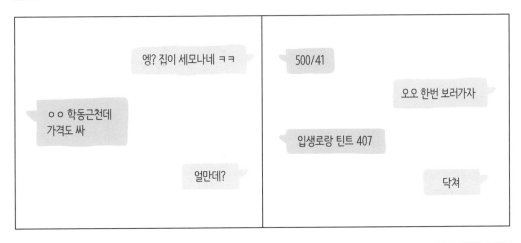

엥? 집이 세모나네 ㅋㅋ

500/41

ㅇㅇ 학동근천데
가격도 싸

오오 한번 보러가자

입생로랑 틴트 407

얼만데?

닥쳐

오랜만에 만난 자매의 흔한 대화

대박

너무
뚱뚱해서
못알아볼뻔
ㅋㅋㅋ

닥쳐
니도 안안지
않다.

방 보러 오셨죠?

네.

보나마나 사진이랑 다르거나
관리비가 더 붙거나 그러겠지.

한층만
더 올라가심 됩니다.

의심으로 가득했던
내 마음은

여깁니다.

402

사진보다 크고
훨씬 더 낭만적인
세모 다락방에

한 눈에 반하고 말았다.

오          오-

수진이가 체크하라고 했던 부분도 꼼꼼히 보고

바퀴벌레 약...없고!

곰팡이도...없고!

수압도 굳굳

4층치곤 나이아가라구먼

저 관리비는…?

아, 관리비 포함 월 41입니다 ^^

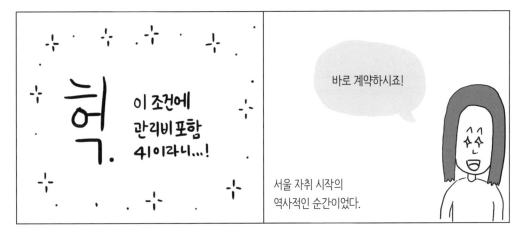

헉.

이 조건에 관리비 포함 41이라니...!

바로 계약하시죠!

서울 자취 시작의 역사적인 순간이었다.

내 서울 첫 집이 된 삼각(?)집

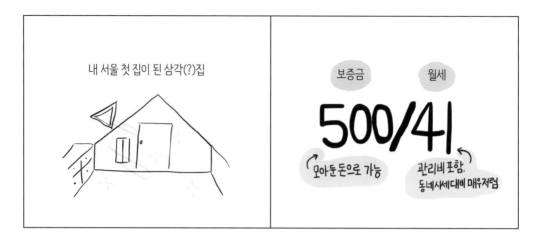

보증금 | 월세

500/41

모아둔 돈으로 가능

관리비 포함.
동네시세대비 매우저렴

회사에서 걸어서 13분 30초 거리

신사역
회사
논현역
집
학동역

4층 중 4층

4
3
2
1
반지하

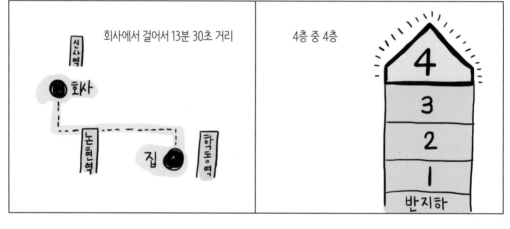

방입구

현관문

현관문을 열면 작은 주방이 반기는

작고 낭만적인 집이었다.

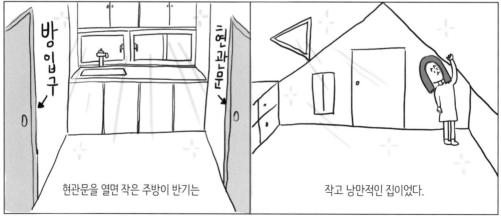

44

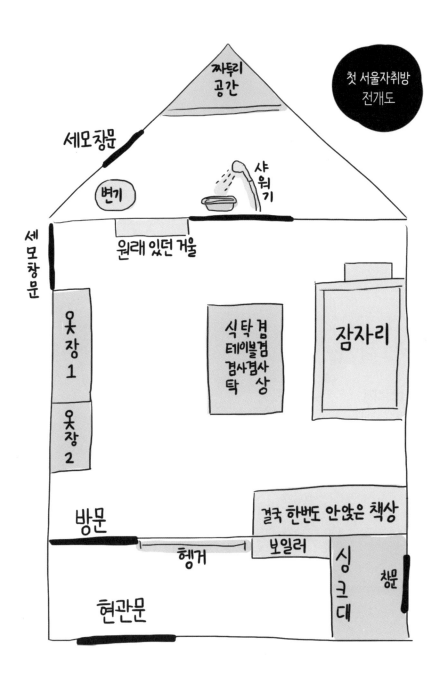

첫 서울자취방
전개도

짜투리
공간

세모창문

변기

샤워기

원래 있던 거울

세
모
창
문

옷장1

옷장2

식탁겸
테이블겸
겸사겸사
탁   상

잠자리

결국 한번도 안앉은 책상

방문

헹거

보일러

싱크대

창문

현관문

45

어렸을 때부터 엄마에게 무한신뢰 받은 다히노이.

반1등

장학금

부모님 기념일 잘 챙김

재수없어

엄마한테는 절대신뢰 다히노이를 통해 컨펌.

엄마 수봉이 계약할 방

응 꼼꼼히 체크해줘~

최종보스 엄마의 컨펌 후엔 모든 것이 일사천리.

윤허하노라

둘째언니 좌의정 말엔 후한 임금님

계약을 위한 3자 대면을 했다.

나

중개인

집주인

안녕하세요~

집주인.
학동역 건물 2채 보유.

아 네, 안녕하세요.

졸라 부럽다

중개사님의 집도하에 진행된 집 계약.

등기부등본도 확인.

꼼꼼한 척 연기 중
(사전에 다히노이가
체크해줌)

서로 신분증
확인하시고요

음

입주일을 정하고

다음주
토요일에
입주하려고요

네ㅆ

계약서에 서로 협의한 내용을 작성.

옵션:
소형냉장고
가스레인지

다가구주택계약서

월세 매달
25일

계약서를 겹쳐 도장 쾅!

← 집주인
도장

← 내 싸인
(막도장이라도
 파놓을걸 ...)

계약금 뺀 나머지 보증금 + 선 월세 송금.

여기
열쇠

신싸 내 집이 생겼다.

# Q1
## 첫 자취방,
## 어떻게 구해야 하나요?

막막한 자취방 구하기. 그 첫 번째 스텝은 자신의 재정 상태를 종이에 적어보는 것이다. 편의점에서 망설임 없이 페레로로쉐 사 먹는다고 역시 돈 버는 사회인이 최고! 나는 부자왕! 이라고 생각했던 나. 하지만 내가 모아둔 돈과 매달 나갈 돈을 계산해보고는 '아 ...?...!...?' 하고 깊은 탄식을 내뱉을 수밖에 없었다.

그렇다. 나는 돈을 벌고 있지만 상상 그 이상으로 거지였다. 사회생활이란 돈을 모으는 것이 아니라 그저 이 생활을 유지하는 거라는 걸 깨달았다. 그나마 먹을 것 안 먹고, 살 것 안 사고 악착같이 모아둔 500만 원+최저임금의 결정체인 월급을 가지고 자취 비용 책정을 위해 계산기를 두드려 봤다. 계산기의 엔터를 누르자 스크린엔 '넌 월세도 빠듯해, 임마'라는 결과값이 나왔다.

이처럼 자신의 뼈아픈 재정상태 파악 후엔 자신에게 맞는 계약형태를 정한다. 자취방 계약형태는 크게 세 가지가 있다. 사람 사는 일이 다 그렇듯 각각 장단점이 있다.

1. 매매
2. 전세
3. 월세(반전세)

1, 2번의 경우 한 번에 목돈이 들지만 달마다 드는 부담이 적고, 3번의 경우 비교적
적은 자본으로 자취를 시작할 수 있지만 달마다 부담이 크다. 어떤 형태가 가장 잘
맞는지는 자신의 경제 상황, 중요시하는 가치에 따라 정한다.

계약의 형태를 정한 뒤엔 본격적으로 내가 살 자취방을 알아봐야 한다.
방법은 크게 세 가지다.

1. 부동산 어플
2. 부동산 카페
3. 부동산

## 1. 부동산 어플

몇 해 전 걸그룹처럼 짠! 하고 데뷔해 부동산 업계를 흔든 부동산 어플. 대표적으로
직방과 다방이 있다. 사실 두 어플의 서비스는 비슷비슷하지만 내가 구하는 지역에
따라, 또 부동산 중개업자분들이 선호하는 어플에 따라 매물건이 다를 수 있으니
두 군데 다 비교하는 것이 좋다. 매물을 11번가에서 쇼핑하듯 원하는 가격대만 볼
수 있고 장바구니에 넣을 수도 있다(그만큼 중독성이 강하다. 방 계약 후에도 습관성
들락날락 증후군에 걸릴 수 있으니 주의!). 또 옵션 등 원하는 조건에 맞는 방을 걸러
낼 수 있어서 편리하지만 가끔 어안렌즈로 1.8배는 넓게 찍은 사진 때문에 '오!' 하고
갔다가 '아…' 하고 돌아올 때도 있다.

## 2. 부동산 까페

대표적으로 네이버 카페 〈피터팬의 방구하기〉가 있다. 하고 많은 디즈니 캐릭터 중에서 왜 하필 피터팬인지는 아직도 의문이다. 카페 주인이 유년시절 유독 녹색 옷을 좋아해서 붙여진 별명이 아닐까 조심스레 추측해보는 바이다. 이곳의 최대 장점은 급하게 매물을 내놓은 사람들 덕분에 시세대비 저렴하다는 것. 롤 티슈 24롤 샀더니 갑 티슈를 사은품으로 끼워주는 것처럼 살림살이를 사은품으로 줄 때도 더러 있다. 또 하나의 특징은 직거래이기 때문에 중개비가 없는 경우가 많다. 대신 부동산에 가서 대필료를 지불하고 계약서를 작성해야 한다.

방을 찾아볼 땐 동네 이름 or 지하철명+계약형태(ex.월세/전세)로 검색하면 된다. '어? 꽤 괜찮네?' 싶은 좋은 방의 경우엔 '문의요', '저랑 계약 중입니다', '불발 시 연락주세요', '연락 중입니다'하며 순식간에 불어나는 빠른 댓글 릴레이를 경험할 수 있다. 우리나라가 진정한 IT강국임을 느낄 수 있는 건 덤이다.


## 3. 부동산

사실 땀 흘린 발바닥을 이길 것이 없다. 어플이니, 까페니 아무리 편하다 해도 모니터 세상은 그저 모니터 세상. 그 동네를 꽉 쥐고 있는 터줏대감급 부동산 사장님만 알고 있는 방들은 여전히 많다. 실제로 서울역 근처 자취방을 구할 때 그 동네에서 50년 넘게 부동산업을 하신 사장님을 뵌 적이 있다. 관상을 보러왔나 착각할 정도로 사장님은 내 얼굴을 뚫어져라 보시더니 '아가씨한테는 이 방이 딱이여!' 라는 점괘를 내려주셨다. 그 방은 어플과 카페에서는 볼 수 없었던 독특한 구조에다가 시세보다 저렴한 가격이었다. 비록 이러저러한 이유로 계약은 하지 않았지만 내 돈으로 이런 방도 구할 수 있겠군, 하는 희망을 주었다. 부동산에서 발품 팔아 좋은 방을 발견할 때면, 백화점 쇼윈도에 잘 진열된 신상 가방은 아니지만 벼룩시장에서 비슷한 버건디 레자가방을 흥정 끝에 득템한 기분마저 든다. 몇 인치 모니터 세상 속에 내 자취방이 없다고 좌절 말자. 어딘가에서 당신을 품길 기다리고 있는 방은 꼭 있다.

# Q2

## 자취방 구할 때
## 어떤 점을 주의해야 하나요?

계약하면 최소 1년은 살 집이다. 지나치게 꼼꼼히 살펴보자.
사실, 자취방은 우리가 외국인 쳐다보듯 생긴 게 비슷비슷하다.
자취방 후보 두세 개만 봐도 첫 번째 집이 어땠더라? 하고 금방 까먹기 일쑤.
가능하다면 양해를 구해 사진을 찍는 것이 가장 좋은 방법이다.
만약 곤란하다하시면 간략한 특징을 스케치로라도 기록해서 비교하자.

집 구조 / 옵션사항 / 보증금 및 월세 /
관리비와 같은 기본만 기록해놔도
'자취방 후보 배틀' 하는 데에
큰 도움이 된다.

### 집주인과의 위험한 동거, 신중하자!

집주인과 한 건물에 있다는 것은 독이 될 수도, 약이 될 수 있다. 사사건건 간섭하며 고딩 시절의 엄마보다 더한 잔소리를 하는 집주인도, 화장실 전구만 나가도 바로 달려와 고쳐주는 집주인도 있다. 세상만사 케이스 바이 케이스라지만, 집주인과 한 건물에 살았던 나의 자취생활은 마치 수련회에 온 중학교 시절이 생각나 좋다며 스스로를 다독였던 날들의 연속이었다. 만약 한 건물에 같이 사는 집주인이라면 계약 전에 충분한 질문과 답변으로 최대한 성향을 파악하자.

### 자취방 후보, 두 번 방문하여 광명 찾자!

최종 자취방 후보가 정해지면 한 번 더 방문 하는 것이 좋다. 낮에 가봤다면 밤에, 밤에 가봤다면 낮에 방문하자. 동네마다 낮과 밤의 분위기가 전혀 다른 곳도 있다. 낮에는 일조량이 충분한지, 밤에는 길이 밝은지, 이상한 유흥업소는 없는지 꼼꼼하게 살펴보자. 몰랐던 자취방의 민낯을 발견할 수 있다.

내가 사는 곳은 자취'방' 몇 평이지만, 내가 생활하는 곳은 그 건물과 주변 환경까지 포함된다. 아무리 '방' 자체가 괜찮다고 해도 거주환경이 마음에 들지 않으면 집에 들어가고 나갈 때마다 스트레스가 이만저만이 아닐 수 없다.

주변에 24시간 편의점, 마트, 시장 등 편의시설은 충분한지, 술집이 너무 많아 퇴근 길이 무섭지는 않은지, 밤길을 밝혀 줄 가로등 개수는 충분한지도 중요하다. 또 직장과의 거리가 어정쩡하면 후불 교통비에 뒤통수를 맞을 수도 있다.

### 가능하면 2명 이상과 방문하자!

"이 동네에 이만한 방 없어요!"

"방금도 몇 명 왔다갔는데 금방 계약할 것 같아요."

"가계약이라도 빨리 걸어두세요!"

자취방을 볼 때 혼자 가면 부동산 중개업자나 집주인에게 휘둘릴 가능성이 매우 높아진다. 자취방 여러 군데를 보다 보면 쉽게 지치기 때문에 점점 대충 볼 수도 있다. 내가 놓친 부분을 객관적으로 판단해 줄 선배 자취생이 있다면 꼭 동행하자. 자취의 '자'자는 몰라도 깔끔 좀 떠는 친구라도 좋다. 그들은 예상 외로 큰 도움이 될 것이다.

### 감정표현은 야박하게! 가계약은 신중하게!

방 구경할 때 "이 방 좋은 것 같네요." 라는 말을 내뱉는 순간 부동산 중개인은 기다렸다는 듯이 "지금 가계약 걸어두고 가시죠? 이 전에도 몇 명이 보고 갔는데 이 방 완전 난리났어요." 라는 멘트로 당신을 압박하기 시작할 것이다. 물론 정말 좋은 분들도 계시지만 부동산 초보에게는 빠른 계약진행을 밀어붙이는 경우가 허다하다. 가계약은 보통 몇 십만 원 선을 걸어두는데, 전액에 비해선 리스크가 상대적으로 적지만 그래도 충분히 검토해야 한다. 알고 보면 하자가 있는 방이거나 근저당권이 엄청 많이 설정되어 있거나 집주인이 사이코 히스테릭을 부리는 사람일 수도 있으니 말이다. 심지어 가계약금이 없다고 하니 본인이 돈을 꿔주겠다면서 가계약을 막무가내로 성사시키려고 한 케이스도 있었다.

순간의 선택이 적게는 1년, 길게는 2년의 내 보금자리를 결정한다. 중개업자 분의 눈치와 기에 눌려서 얼떨결에 거래를 진행하지 말자. 우리, 지나칠 정도로 꼼꼼해지자. 한번 계약을 하고나면 그 후에 밀려오는 후회는 모두 내 몫. 아무도 책임져 주지 않는다. 마음에 드는 방이 있어도 감정 표현에 조금 야박해지자.

## 월세 마지노선을 사수하자!

매물을 보다 보면 예쁘고 좋은 집이 참 많다. 그리고 예쁘고 좋은 집은 참 비싸다. 생각했던 돈에 조금만, 더 조금만 올리면 가능할 것 같다.

이것이 바로 자취생이 위험에 빠지는 순간이다. 자취는 월세뿐만 아니라 관리비와 각종 공과금, 생활비, 풍류비, 북유럽비, 센치비 등 월급에 구멍 날 일이 참 많다. 돈을 모으기는커녕 유지하기도 벅찬 라이프가 되기 십상이다.

초심으로 세웠던 월세 마지노선, 절대 사수하자.


## 노옵션에 싼 곳? 풀옵션에 비싼 곳?

이상하게 주변 시세보다 저렴한 방이 있다. 어라? 솔깃한데?

알고 보면 노옵션. 그야말로 '방'만 있는 곳이다. 그럴 때면 집주인이나 중개업자 분은 기본 가전쯤이야 중고센터에 가서 싸게 사면 된다고 하신다.

물론 각자 사정에 따라 쓰던 옵션이(냉장고 / 에어컨 / 세탁기 등) 있다면 큰 문제가 없지만, 자취 입문생은 없는 경우가 다반사다. 옵션을 사는데도 은근히 목돈이 들어갈 수 있고, 방 계약 종료 후 처리하는 것도 골치 아프고 귀찮은 일이 될 수 있다.

나의 경우 서울 3번째 자취방이 굉장히 저렴해서 덥석! 계약을 했는데 옵션에 없던 냉장고와 에어컨을 사야만 했다. 계산기를 두드려 보니 그 돈을 보탰더라면 풀옵션의 훨씬 쾌적한 방을 구할 수 있었다. 인생지사 케바케. 자신의 환경에 맞게 신중히 고민하자.

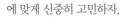

**자취방 옵션, 집주인과 최종 계약 전에 밀당으로 사수하라!**

치열한 토너먼트를 거치고 최종 우승 후보에 오른 두 집. 후보 A와 B, 모두 비슷한 크기와 위치, 가격이었다.

반 평수 더 크고 창문이 넓은 후보 B. 작은 창문 집에 1년 간 살았던 나는 그 곳이 왠지 모르게 더 끌렸다. 하지만 마음 한켠에 짝을 잃은 양말 한 짝 마냥 찝찝한 구석 있었는데,

1. 환 공포증을 일으킬 것 같은 애매한 크기의 땡땡이 무늬 벽지(심지어 천장까지. 쿠사마 야요이 전시전을 방불케 했다).

2. 경주 수학여행 때 봤던 기념품 옥팔찌 색깔의 몰딩.

3. 구한말 시대부터 써온 것 같은 고대유물 변기.

4. 왠지 저 곳에 옷감을 넣으면 구정물 코팅이 될 것 같은 옵션 세탁기.

5. 에어컨 호스 설치 때문에 벽에 뚫린 구멍 사이로 바람이 슝슝 불어 한 겨울에도 에어컨을 튼 것 같은 효과.

## 이 다섯가지만 빼면 마음에 쏙 드는데 말이야!
## 고쳐주면 안 돼요? 집주인씨?

사실, 계약할 집의 옵션 수리 및 재설치에 대한 집주인의 법적의무는 없다. 하지만 집주인은 하루 빨리 이 방을 계약시키고 싶어하기에 어느 정도는 당신의 표정관리와 내면연기로 얻어낼 수 있음을 알아두자.

## 계약 전 옵션사수 4계명

1. 이 집이 너무나 마음에 든다는 표정 대신 세상 가장 도도한 표정을 짓자(나에게 늘 다른 선택지가 있음을 암묵적으로 어필하자).

2. 처음에는 최대한 많은 옵션을 요구하자. 그 후에 서로 타협점을 찾자(이 원리는 시장에서 가격 흥정하는 것과 일맥상통한다).

3. 어떠어떠한 점 때문에 이 옵션을 요구하는지 구체적으로 말하자(ex.이 벽지를 쳐다보면 최면에 걸릴 것 같습니다).

4. 중개인을 통해 타협점을 찾자. 그들은 계약 성사가 목적이다("○○옵션과 ○○옵션을 교체해주시면 계약하겠습니다."와 같이 단호하게 의사표현을 전달하자).


나는 위 4가지 방법을 통해

집주인: 도배+에어컨 호스 벽 구멍 땜빵+새 변기
나: 셀프 몰딩(집주인과 사전협의)+세탁기 셀프구입

이라는 최종 타협점을 이뤄냈다.
월세는 말 그대로 달마다 세를 주며 남의 집에 사는 것이다. 평생 그 집에 살 것이 아니라면 내 돈 들여 집을 수리하는 것만큼 아까운 것이 또 없다. 집주인이 전생에 개국공신이 아닌 이상 집주인만 좋은 일을 할 필요는 없다. 그렇다고 막무가내로 요청하면 학을 떼고 도망칠 수도 있다. 계약 전 적당한 타협으로 우리에게 필요한 것을 쟁취하자.

## 자취방 체크리스트 십계명

1. 세면대 물을 틀어놓은 채로 변기 물을 내려 보자(보통 높은 층일수록 수압이 약하다).

2. 방 구석구석에 곰팡이 핀 흔적은 없는지 살펴보자(결로 여부도 꼭 묻자!).

3. 싱크대 /하수구에서 악취는 안 나는지 맡아 보자(악의 근원. 음쓰가 없는데도 나는지).

4. 벽을 두드렸을 때 텅텅하고 빈 소리가 나는지 확인하자(방음이 안 될 확률이 높다).

5. 환기가 잘 되는지, 창문을 열면 내 사생활이 노출될 여지가 있는지 살펴보자(친구 한 명을
   불러서 체크하는 방법도 있다).

6. 수도세 /가스비 /전기세 평균 금액을 물어보자(전기세를 호수마다 N분의 1 하는 경우 누진세
   폭탄을 맞을 수 있다).

7. 개미 /바퀴벌레와 동거 여부를 확인하자(주방이나 방구석에 벌레 약이 있는지 체크).

8. 연식이 얼마나 된 건물인지 확인하자(너무 오래된 건물일 경우 이곳저곳 하자가 많다).

9. 쓰레기, 음쓰, 재활용 쓰레기 처리방법을 알아두자(너무 멀면 민낯으로 나가기 곤란하다).

10. 방충망 /방범창 설치여부(깨알같이 돈 나가는 것의 대표일 뿐만 아니라 위험하다).

## chapter 02

# 혼자를 위한
# 기초살림 공사

**- 집이라면 있어야 할 것들 장만하고,
처음 만난 집에 적응하기 -**

까마득했던 이사 날짜가

코 앞으로 다가왔다.

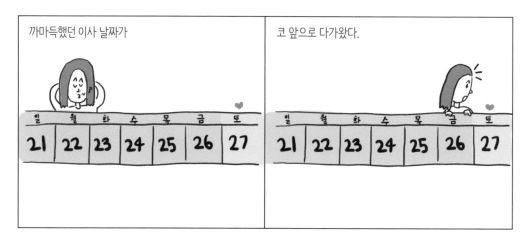

인천에서 강남.
매일이 국토대장정.
지옥같던 출퇴근길.

걸어서 출퇴근할 생각하니 완전 좋음.

출근우엑

늦잠스윅

설레며 잠

은 개뿔! 짐싸야지.

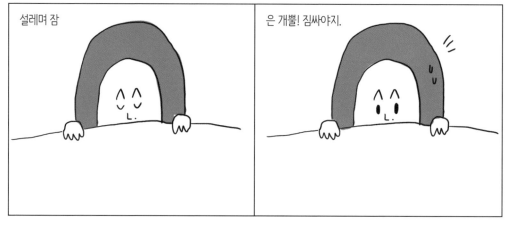

짐도 안 싸고
시도때도 없이 다락방 인테리어만 보는 중

우리집은 딸 셋에 아들 하나.

어렸을 때 부터 언니 둘과 나,
셋이 안방을 썼다.

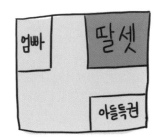

그러다가 방 하나 더 있는 집에 가게 되어

내심 내방 마련의 꿈을 꾸었지만

절대권력 첫째 언니의 고삼진출시기와 맞물려 실패함.

이런 환경 탓에 자기 방이 있는 친구들이

유난히 부러웠던 나.

학창시절 내내 앙숙 다히노이(둘째 언니)와 룸메.

차녀들도 각방을 달라!

근의 공식도 모르는게
넘어 오지마라.

니나 넘어오지마.

전교 I등 안

뒤에서 I등 안

니?

어쭈

교정전
다히뽀이 →

노라

니? 죽을래?

니가 먼저 뇌라

(언)니라고
한건데?
붕~

언젠가는 내 방 가지리라!

니네
뭐해!
그만 안싸워?

소싯적 장래희망이었다.

근의공식
아는데

왕찌질 ↑

이에이 분의~♪
마이너스 비~♪

찌질한 소녀기를 거쳐 대학에 합격한 나.

미술학원 2년을 죽어라 다녀서
미대에 들어갔다.

아구려파냐?

다시 그려
5분 안에

얼뿍

재수
없구나!

하지만 학교가 지방에 있어

마음의고향
충주

사과가
꿀맛

기숙사를 신청했다.

놓칠까봐
새벽에
PC방감→

Click click
click click
click

둘째 언니 다히노이와 같이 방을 안 쓴다는 사실과

또 옷흥쳐입으연
죽는다.

대학 기숙사에 대한 막연한 로망

남자 셋 여자셋 같은
♡ 막 조인성 막 송승헌
막 삼각관계 ♡

66

두 가지 기쁨에 두근두근 거렸다.

기숙사 데려다 주시던 엄마는 울고

우리 수봉이
보고싶어서
어째

난 철없이 기뻤다.

괜찮아
엄마 ♡

정리잘해 수봉아
돼지우리 만들지 말고

응~
들어가~

하지만 나의 대학 기숙사 로망은

203

여기구나!

한방에 무너졌다.

안녕

헐;; 웬 닭장...

책상 1 2 3 4
이층침대 이층침대

4인실
기숙사
내공간

다히노이랑 쓸때보다 더 열악해-

아-아
내 인생에 제대로된
내공간은 없는건가 -

슬픔은 룸메들과 야식으로 극복.

수봉아
양탕왔다

벌떡

기숙사시절 소울푸드
양념탕수육

양탕을 시키면 파전을 서비스로 줬는데

재료도 부실한 주제에
엄청 맛있음.

+

양탕소스에 찍어먹으면 미친 꿀맛. 천국의 맛.

내방따위
없어도
행복한 맛.

주문할 때 파전 한 장 더 달라고 하면 꽁짜로 더 줘 ㅋ 몰랐지 애긔야 ㅋ

← 깔깔이입고 다니던 복학생 선배가 알려줌

여자 기숙사인데요, 양탕 하나요. 가.능.하.시.면. 파.전.한.장.더.주.세.요.

← 쑥맥이라 대본보고 읽음

진짜 두장 주셨다! 축제로구나!

그러던 어느 날, 갑자기 찾아온 청천벽력과도 같은 소식

기숙사 공지
·11시 이후 야식배달 금지

야식의 힘으로 밤샘과제를 했던 우리에겐 참혹한 소식이었다.

김교수님 과제 끝내고
이교수님 과제 끝내고,
박교수님 과제 끝내고
최교수님 과제 끝내고
잘수있다.

AM 2:00

미대생이라
유난히 밤새야 할
과제가 많았던
우리들.

창문에 끈을 매달아
야식배달을 시켰다.

아저씨!
떨어지면
안돼요!

걱정아
학생

미돼(지)생들은 유혹을 못참고 결국

파전 두 장이겠지?

이시간에
야식배달?

누구야!

제일 엄격한
사감 대빵에게
걸렸다.

70

대학생이나 돼서
자기 의사대로
못하는게
너무나
속상하고
분하고
억울해서

(쉽게 말해 야식못먹어서)

자필 반성문
5장

엄마에게 전화했다.

꿀꺽

어. 엄마.
나. 다.음.학.기
기.숙.사.떨.어.졌.어.
신.입.생.우.선.이.라.
어.어.어.

거짓말 떨려서
대본보고 읽음

알겠어~
어쩔 수 없지 뭐.
자취방 알아봐~
안전한 곳으로.

엄마
응!!

다희노이한테
물밑작업 시켜놓음

엄마짱!
내꺼중에
최고♥

엄마가
매일 전화
할거야!

대학교 2학년. 마침내
첫 자취생활을 시작했다.

기숙사 살 때 보다 조금 멀었지만
학교까지 걸어서 15분 거리.

학교

기숙사

Here!

3층 건물의
3층

1년 - 전기세, 가스비, 수도세
다 포함 300

지방 대학가라 가능한 저렴한 가격!

기숙사를 같이
탈출한 친구들과
미돼(지)생 마을 조성.

야식

야식

야식

야식

살지는 건
시간문제

내 집보다 친구집에서
더 많이 잔건 함정이지만,

72

대학 3년 간의 자취 생활은

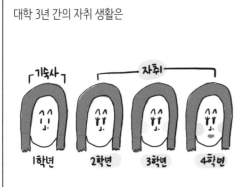

그야말로 지상 파라다이스였다.

처음으로 생긴 나만의 공간이라 그런지
유달리 애착이 많았고

해마다 좋은 자취방으로 진화했다.

졸업과 동시에 자취도 졸업하고

부모님과의 동거를 다시 시작했다.

# 우리들의 아지트가 된 첫 자취방

# 새벽에 캔맥 사러 가는 룩

뉴욕양키즈캡

틴트는 바름

노브라를 감추기 위한
꽈잠바

사시사철
수면바지

핑크삼선

인체의 신비
〈자취생 편〉

하루에 수백개 머리칼이 빠지지만
청소할 때까지 못알아 차린다.

다시 현재,
서울 자취방 이사 하루 전.

나름 자취 좀 해봤다고
여유 부렸는데

...

1년 만에 리셋.

뭐지...뭐하고
뭐가 필요했더라

출근용 옷만 챙김

이거랑 저거랑

그냥 집에서 다니지~!

어휴 이래서
무슨 자취를
한다고~

결국 엄마가 (거의 다)챙겨주심.

당장 필요한 것만 챙겼는데도 꽤 많은 짐.

이게 다냐.

책상도 부탁해 아부지.
노옵션이라 헤헷.

대형가구는 추가요금
있습니다 고객님.

실제로 인건비 요구하신 아부지 →

# 첫 이사! 이 짐만큼은 꼭 챙기자!

## 1. 이사한 계절의 옷과 침구류

생각보다 짐넣을 공간이 부족하다. 옷은 일주일치가 적당.

## 2. 각종 식기류

은근히 돈많이 든다.
부모님댁에서 티안나게 쟁여오자.

## 3. 각종 조리기구

지름 25cm 이상이면 웬만한 요리 해결 ok.

## 4. 헹거 및 옷걸이

당신을 왕자헹거 세계로
초대합니다.

## 5. 수건

첫달은 정신없어서
빨래 자주 하지도 못한다 최대한 많이많이

## 6. 빨래건조대

언제나 펼침모드예정

## 7. 각종 세제류

자취 첫 달 월급은 이미 당신것이 아니다.

겨울인데도 따사롭던 어떤 날,
아빠의 택배차로
내 짐을 한가득 싣고 고속도로 위를 달렸다.

니놈은 3만원 안넘의
다이소 옷걸이 행이다

일명 다이소옷걸이
철사로 만들어짐.
여기에 옷걸면
어깨뿡은 따놓은
당상.

비싼옷은여기↗

반나절 정리를 하니
텅텅 비었던 곳이

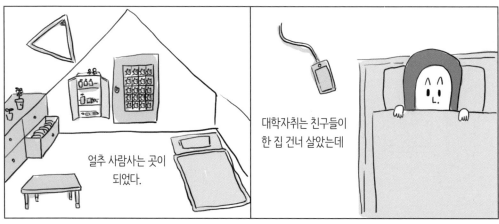

얼추 사람사는 곳이
되었다.

대학자취는 친구들이
한 집 건너 살았는데

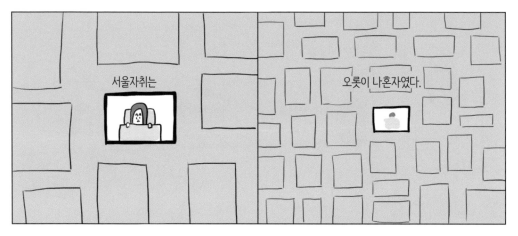

서울자취는

오롯이 나혼자였다.

인천 엄마집에서는 6시 기상했는데

서울 자취집에서는 8시 기상했다.

와, 신호등 3번만 건너면
회사라니 ㅠㅡㅠ

다음날.

20분만 더 자야지

다음주.

뛰어가면 8분걸리니
8시 30분에 일어나자

결국 일주일 만에 택시타고 출근했다.

택시!

머리 안말음.

제일 안구겨진 옷

4일째
기모레깅스

내가 짐을 빼던 날

엄마는

비어있는 내방을 보면서

무슨 생각을 하셨을까?

이사하고 나서
아침 잠이 더 많아진 나.

이대론 안되겠어

내일부터 일찍 와서
회사 헬스장에서
운동해야겠다.

수봉씨.

송충이 과장(38)
막말 전과 12범

요즘 말야
아침마다 왜 이렇게
졸려해?

자기관리도
능력이고 실력이야.

내가 너 때는
어쩌고
저쩌고
지지고
볶고

쩍

벌

또 시작이다 또.

나같이 섬세하게
걱정해주는 선배가 어딨냐.

네네.

학동역 삼각피라미드 파라오의 기상.

7시에 일어나 옥상에 있는 회사 헬스장에 갔다. (따뜻한 물도 콸콸!)

머리묶은 여자의 자존심 귀렛나룩 두가닥 →

안녕하세요-

아, 안녕하세요-

누군지는 모르지만 아침 운동친구가 생겼다.

하하, 아니에요.

젊은 친구가 부지런하네.

근데 수봉씨, 인천에서 출퇴근하기 힘들지 않아?

팀장님. 워킹맘. 프로야근er.

아침에 헬스까지 한다며~ 안 피곤해? 요즘 그래서 폭식하는거야? ㅋ

최대리. 궁극의 오지랖퍼

네~ 봄오면 천천히 자취 알아보려구요 ^^

사회생활용 눈 밑 애교살

빠져가지고 선배님 오시기 전에 일찍 와서 팀분들 책상 좀 치워놔. 내가 너 때는

회사사람들한텐 자취 말하지마!

자취선배 소현이의 사전조언이 떠올랐다.

얼마 전 소현이네.

수봉아,
짐 정리는 다 했어?

응, 대충.

맞다,
너 자취하는 거
회사사람들한테는
아직 말 안 했지?

응 아직.
왜?

웬만하면
말 안 하는게 좋아.

왜? 집들이 올까봐?

?

너 가깝게 사는거 알면
퇴근 시키겠냐.

나봐 자밍아웃
했다가 ...ㅠㅠ

다른 광고 회사
야근왕

막차 시간엔
퇴근해야지!

그리고
부모님이랑 사는게
아직 좋아요 ^^
(내면연기)

일에 치이고
사람에 치이고

회사에서 당한
뺑소니는
어디에 신고하나요.

# 막내 식전업무

수저세팅 (feat. 냅킨깔기) & 물 공양

오늘 저 인간을
달래는 것이
제일 빡센 업무

이력서에 토익 점수는
왜 넣으라고 한거니...

주말.
자취인의 성지 다이소에 갔다.

기본템은 집에서 챙겨왔지만
살다보니 필요한게 하나 둘 생겨났다.

ㅡ 챙겨온 아에템들 ㅡ

압력밥솥   겨울이불   무선청소기

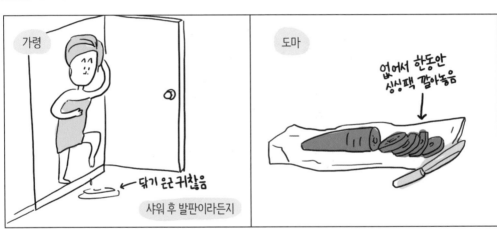

가령

닦기 은근 귀찮음

샤워 후 발판이라든지

도마

없어서 한동안
싱싱팩 깔아놓음

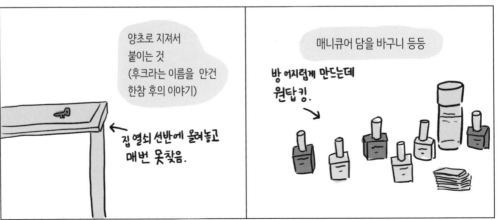

양초로 지져서
붙이는 것
(후크라는 이름을 안건
한참 후의 이야기)

집 열쇠 선반에 올려놓고
매번 못찾음.

매니큐어 담을 바구니 등등

방 어지럽게 만드는데
원탑킹.

자취인라면 누구나
북유럽st 인테리어의
예쁜 방을 꿈꿀 테지만

너무 마른 내 김월급군
덕분에 다이소에서
대리만족하기로 했다.

북유럽은
개뿔
관리비도
빠듯혀

월급의 정령
김월급

최대한 한 가지 컬러로 통일하고
심플한 디자인으로 사야지...!

나름 결심은 했다만...

세상에 마상에
도...도마 주제에
귀엽지 말라굿!

뀨?
나 안살뀨?

오옷 ㅅ...ㅅ...스...스폰지밥!!
네가 휴지통이라니...!
이건 반칙이닷...!

헤헤
깐깐징어야
쓰레기
여기다
버리라규

용량은 애매한 주제에
세트로 사고 싶게끔 만든
암컷 수컷 커플 펌프용기...!

우리
펌프했어요

97

정신줄 단디 안 잡으면
북유럽은 커녕 놀이방이 되기 일쑤

내 방이
캐릭터
테마파크가
되었다...!

알록달록
깨각깨각

또 싸다고 얕보면

그릇이 삼천원? 대박!

₩3...

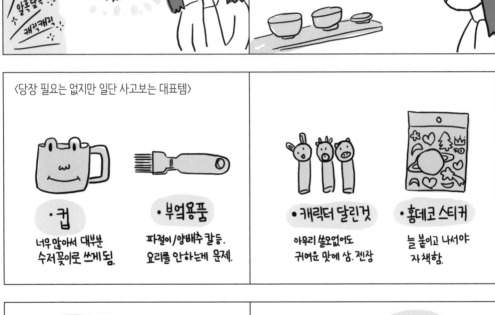

〈당장 필요는 없지만 일단 사고보는 대표템〉

• 컵
너무 많아서 대부분
수저꽂이로 쓰게 됨.

• 부엌용품
파절이/양배추 칼 등.
요리를 안하는게 문제.

• 캐릭터 달린것
아무리 쓸모없어도
귀여운 맛에 삼. 젠장

• 홈데코 스티커
늘 붙이고 나서야
자책함.

54,000원입니다.

별로 안산줄
알았는데?

날 말려죽일
셈이냐?

가성비갑! 다있소 추천템

있소 있소 다있소

PPL이면 좋겠지만
백프로 개인의견 ♡

물가는 하늘인데
월급은 시궁창이야

자취생의 한줄기
빛과 소금

접지형 멀티 콘센트 ₩3,000

자취생활의 놀라운 점 중 하나는 콘센트 구멍은 언제나 부족하다는 사실. 멀티형 4구씩이나 샀
는데 칸이 모자라 어떤 것을 뺄까 고민하게 된다. 난방기구가 기하급수적으로 늘어나는 겨울
은 콘센트 대란의 계절이다. 접지형 멀티 콘센트 하나쯤 있으면 그런 갈등에서 탈출할 수 있다.

손잡이 수납바구니 투명 ₩3,000

살다 보면 나도 모르게 하나 둘 물건들이 자가세포분열을 하고, 그 물건들은 내 방을 어디인지
모르게 지저분하게 만드는 일등공신이 된다. 같은 모양의 수납바구니를 4-5개 사서 종류별로
담아두자. 서랍장이 따로 필요 없다.

타원행거 5P ₩1,000

언제나 이름을 잊어버려서 '그, 왜 있잖아~ 양초 불로 지져서 벽에 붙이는거'라고 부르는 이것.
달력, 수세미, 열쇠 등 의외로 벽에 걸어두어야 할 살림살이가 많은 자취생에게 필수품이다.
집주인 눈치에 못질하기엔 부담스러울 때 타원행거 요정을 소환하자.

### 공간절약 압축팩 ₩1,000

이거 물건이다. 정말 물건이다. 좁디 좁은 자취방. 자기네들이 월세내는 것도 아니면서 겨울 옷, 겨울 이불의 자리차지는 엄청나다. 그럴 때 압축팩을 사용하자. 1/5 사이즈로 쏙 줄어든 부피를 보면 엄마미소가 저절로 지어진다.

### 일회용 위생팩 ₩1,000

의외로 자주 쓰는 마성의 아이템. 재료 소분해서 냉장고에 넣어둘 때, 남은 음식 보관할 때, 작은 쓰레기 버릴 때, 도시락 쌀 때, 심심할 때, 친구가 필요할 때 등등 자취생활의 꽃! 한번에 두세 팩씩 쟁여놓자. 생각보다 금방 쓴다.

### 점화 라이터 ₩2,000

화촉식 할 것도 아니고, 고깃집도 아닌데 왠 점화라이터? 하지만 은근히 유용하고 자주 쓴다. 타원행거나 향초, 양초등 불이 필요할 때 점화라이터를 사용하면 그렇게 편할 수가 없다. 라이터 초보는 처음에 양초 심지가 아니라 엄지 손톱을 지지는 경우가 부지기수이기 때문(네, 제 얘기입니다).

### 고무나무 쟁반 ₩5,000

자취인의 서러운 순간 중 하나가 방 구석에서 혼밥먹을 때, 그것도 반찬통 째로 놓고 먹을 때다. 편하지만 먹고 나서 밀려오는 현자타임. 아아 이것이 식사인가…! 내가 나를 사육하는 것인가…! 처음 꿈꿨던 북유럽st 자취로망은 어디갔는가…! 고무나무 쟁반 위에 그릇을 두고 반찬을 옮겨 담아보자. 잊고 살던 북유럽 st 자취로망이 이뤄질 것이다. 덤으로 치우기 편하기까지…!

회사 - 집, 집 - 회사.
너무 바른 사나이로
사는 것이 아까워
주말 동네 산책을 했다.

BGM
채연 2집 전곡

논현

가로수길

알고보니
핫플레이스 였던
우리 동네

강남

선릉

참김이 아직도
2000원인 곳이 있다니
감동의 도가니...!

참치김밥
2000

원조김밥
1500

라볶이 국물에
찍먹하면
존맛탱♥

카페가 많아서인가
아메도 겁나 싸다.

ONE CAFE

Take-Out
1500원

파프리카 두 개
천오백 원! 이욜!

집근처 슈퍼마켓

1단
2000

2개
1500

골목 구석구석 다녀보니
의외로 강남 물가가
아닌 곳도 꽤 많았다.

10분 거리의 영동시장

영동전통시장

금산인삼

전파사

총각

강남 한복판에 시장이라니...!
이 얼마나 구&신의
아름다운 조화인가...!

괜히 찌잉

가격은 조화스럽지가 않음.

헐. 집앞슈퍼보다
비싸네

감자
4000

피망2개
3000

콩나물
2000

새마을식당

쌈밥집

한신포차

이짚슈

역전우동

홍콩반점

본가

빽다방

일명 '백종원 거리'도
가까운 우리동네

살찌기 딱 좋으니
절대 피해가자.

최근 외투를 입죠
살이 잡히기 시작.

강남구립논현도서관

산책 길에 우연히
도서관을 발견하다니...!

일드 여주인공이 된 것 같아.

왠지 운명의 상대도 만날 것 같아

치아키 센빠이?

학생 때는 책만 보면
두드러기 났었는데

이런 미래의 꿈나무 같은
녀석들.

신명났구나

꺄르르륵

우꺄꺄꺄

아이 씬나

짠르르륵

아이 씬나

사회인이 되니
책이 도피처가
된 듯 하다.

우쿠쾌꺄

끼야옷

우리꿈나무놈들이
너무 신명나셔서
집가서 읽어야지

꾸쾌꺄

우쿠쾌쿠

이거 빌려주세요.

# Q3

## 전입신고랑 확정일자는 뭐예요?
## 안 하면 큰일 나요?

네, 안 하면 안 돼요! 큰일난다!
집 계약만큼 중요하다!!! 느낌표 세 개다!!!
이사를 하면 바로 전입신고를 하고 확정일자를 받자!!!
그래야 당신의 유배 간 보증금은
두 다리 쭉 뻗고 잘 수 있을 것이다!!!

난 처음 서울 자취를 시작할 때 집 구하는 데에 총력을 다했는지 만사가 귀찮아 안 했었는데, 하마터면 보증금이 날아갔어도 어디 가서 하소연조차 못했을지도 모른다. 전입신고를 하고 확정일자를 받아야 혹시 모를 아침 드라마같은 상황에서 주택임대차보호법을 받아 나의 소중둥이 보증금을 지켜낼 수 있는 것이다!!!

다시 말해, 전입신고는 이 집에 내가 들어왔소! 라고, 확정일자는 내가 언제부터 살고 있소! 라고 공식적으로 서류에 등재하는 것이다. 내가 계약한 집의 근저당권자나 가압류권자가 경매를 신청할 경우, 대항력 순위를 보장받지 못해 보증금을 날릴 수 있는 불상사를 보호하기 위해 확정일자라는 제도가 생긴 것(전입신고를 해야 확정일자를 받을 수 있음). 또 다시 말해, 확정일자를 받는 순간 배당에서 순위권이 확보된다.

### 전입신고 유의사항

임차주택의 소재지 지번이 계약서와 동일한지 체크, 또 체크해야 한다. 전입신고한 주소와 실제 계약상의 지번이 달라 주택임대차보호법을 받지 못한 사례가 있다.

### 확정일자 유의사항

임대차계약서를 잘 보관해야 한다.

확정일자는 전입신고 후에 계약서 여백에 기부번호를 기입하고 확정일자 인을 찍어주는 것인데, 이 확정일자를 받은 계약서를 고이고이 꿀단지처럼 잘 모셔놔야 한다. 확정일자를 받은 계약서를 분실하여 재발급 시 순위가 밀려날 수 있기 때문이다(불행하게도 그 사이에 근저당권자가 추가로 생길 수도 있기 때문).

### 전입신고 및 확정일자 방법

#### 전입신고

계약서, 신분증, 도장을 준비하여 관할 동사무소를 방문한다. 비치되어 있는 전입신고서를 양식에 맞게 작성하면 된다.

온라인은 민원24(www.minwon.go.kr)에서도 가능하다.

#### 확정일자

전입신고 후에 담당 공무원에게 내 계약서를 주면서 확장일자를 받아달라고 하면 된다. 그러면 확정일자 도장을 쿵! 찍어줄 것이다.

온라인은 인터넷 등기소(www.iros.go.kr)를 통해 신청이 가능하다.

'광고'가 좋아 고등학교도 디자인고

아빠의 극심한 반대가 있던 실업계고

대학교도 광고영상디자인과

엄마의 극심한 반대가 있던 지방대

수십 번의 광고제 수상과

120번 도전 →

4번의 고름터지는 인턴과

이렇게 열심히 하면 정직원 시켜주겠지

코피남. 결국 정직원 NO NO

첫 회사에서 8개월 간 식모살이 쭈구리 시절

설거지하고 마당쓸고 여긴 어디인가...

그것들을 거쳐 지금의 광고회사에 다니는 나.

OO 광고회사

면접 때 모습

출근만 시켜주십시오!

지금 모습

퇴근만 시켜주십시오!

일주일에 5일야근
+ 주말 출근

물론 초심은 조금 바뀌었지만

언제나 격려해주시는 팀장님

수봉씨
점점 늘고있네 ^^
수고가 많아요

옥상에서 수다 떨 수 있는 동기

···나도···

오늘은 집에가서
씻고 싶다.

많지 않지만
부모님께 용돈도 드리고

엄마, 아부지~
통장 확인해보쇼♥

우리 셋째 딸 사랑해:

심지어 이 회사는

내가 중3 때 장래희망이었던 곳.

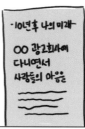

내가 좋아하는 브랜드를 위해

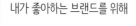

월급을 받고 고민하는 일.

그리고, 내가 만든 광고가
사람들의 마음을 움직였을 때의
짜릿함이란...!

물론 이것들을 뛰어넘는
개짜증이 있다.

수봉씨,
내가 시킨 거 다했어?

바로 이 인간.
내 사수 송충이과장.

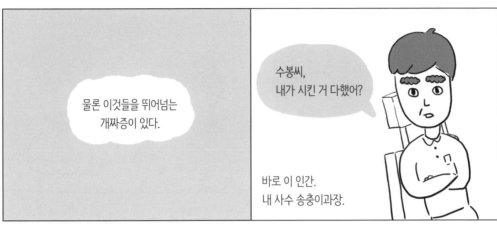

전 회사에서도
이런 류의 인간이 있었지만

**일명 또라이질량보존의 법칙.**

이 사람은 차원이 다른
분노 크리에이터.

아

아뇨,
(A도 시키시고 B도 시키고
C도 시키고 심부름도 시키고
저녁도 시키셔서) 아직이요.

시킨 지가 언젠데?
손가락이 뚱뚱하니까
속도도 뚱뚱해? ㅋㅋ

회의시간.

자 얘기해볼까요?

제 아이디어는 이건데요. 이걸 가지고 타겟에게…

별론데?

싹둑

재미 없잖아. 별로야, 완전 별로.

아…그럼 어떤 방법이 좋을까요…?

사람들 다 있는데서 …

모르지~ 밤을 새든지 더 고민을 해봐 좀.

요즘 것들은 노력을 안해.

뿅뿅

아… 네…

뭐 이런 상큼한 또라이가…

인품은 간장종지면서
왜 대접받길 원하세요

왜,
뭐,
뭘봐?

자기 그릇에 맞게 좀.

ㅅㅅㅅㅅㅅㅅㅅㅅㅅ
ㅅㅅㅅㅅㅅㅅㅅㅅㅅ
ㅅㅅㅅㅅㅅㅅㅅ씨발...

가끔은 시발로는
표현안되는 날도 있다

송충이 과장이 정말 싫어진
결정적 순간이 있었는데

먼저 갈게요 팀장님~

그래요~

아참,
수봉씨.

아까 회의시간 때 일
사과하려고 하나?

네?

사회선배로서
조언 하나만
하자면

수봉씨는
자존감을
좀 높여.
사람이 자존감이
높아야지. 쯧.

간다~

...네.

자존감을 높이라는 그 말은
결국 내 자존감을 갉아먹었다.

120

122

불쌍하다라...

수봉씨,
내가 시킨거
다 해 가?

손이 왜 이렇게 느려~

한 시간이면
될 것 같아요.

내가 사수니까
망정이지~
다른 사람 같았어봐~
바로 옥상집합이야.

불쌍한 놈

불쌍하다 생각하니

불쌍한 송충이 한 마리가
내 눈 앞에 있었다.

그 후 송충이로 보이는
송충이 과장

오전 회의는
여기까지 하고
점심 먹으러 갈까?

네네 좋아요 ♡

점심시간은 언제나
반갑지만 매달 초의
점심시간이 더 반가운 것은

법카 충전 됐지롱~
비싼 거 먹자!

자비로운 마법카!

VISA

월급노예들이여
먹고 싶은 걸 공짜로 먹게 해 주마
알고보면 너네가 번 돈이지만

오랜만에 가로수길 갈까요?

완전 좋죠!?

아, 물론 팀에 아저씨가 있으면 얘기가 달라진다.

난 어제 과음해서 순대국 먹고 싶은데.

나도.

순댓국♡

← 늘 점심같이 먹는 옆팀 채부장

아...

법카 충전됐으니까 수육도 시키면 되겠다.

그래요^^

긍정왕 ↙

월요일, 전주 순대국

화요일, 부산 아지매 순대국

수요일, 뼈해장국
(월요일 같은 집)

125

목요일, 분식포장
(회의하면서)

금요일, 샌드위치 + 딸바 통일
(광고주 보낼 것 수정하면서)

이 끼니들의 특징은

음식을 먹는게 아니라

다 돼가요~

음식물을
투여하는 느낌.

푸아그라
때문에
사육당하는
거위의
느낌을
3%정도
알겠다.

또 음식을
천천히 먹는 나에 비해

원샷 드링킹하는 다른 분들.

반ー    히ー

끄억

아...

수봉씨.
되게 천천히 먹는 사네

빨리
들어가 봐야
되는데...

다 먹었어요...^^

가자

127

이런 나에게도 한줄기 빛과 같은 점심시간이 있다.

회사 사람들과
아닌 다른 사람과 먹는 점심은

저 약속. 있어서
먹고 올게요 ^^

업무의 연장선이 아닌

야!

나에게 주는 작은 선물

넌 볼때마다
살찌냐? ㅋㅋ

닥쳐

← 오랜만에
다히노이

회사에서 10분 거리의 가로수길

안쪽에 앉아라 돼지야.

오 안쪽자리 오랜만

먹고 싶은거 먹어.

메뉴선택도 진짜 오랜만이닷

너 요즘 뭐 먹고 사니?

순대국...?

런치 A 두 개 주세요.

어쩐지. 그래서 인지 더 돼지된 듯 ㅋㅋ

때리고 싶지만 남이 떠주는 수저가 오랜만이라 참는다

많이 먹어라,
돼지동생.

오.

이것이
몇년 만에
서양음식이여

혼자 사는 건 어때?
집은 치우고 사냐?

돼지우리일 듯.

ㅇㅇ 거의 잠만 자.
고3인 줄.
빨래도 거의 못하고.

청소는 사치다.

쯧쯧. 왠지 네 방에
홀애비 냄새 날 것 같아.

내가 그 냄새
몇십년 맡았잖어

업무 얘기를 반찬 삼지 않고
먹는 점심은

그야말로 꿀맛이었다.

이 기분은
소화시키기 싫군.

일어나,
돼지야.
카페가자.

저기는
어떤 세계인가...

점심시간이
끝나갈 무렵
한가롭게
가로수길에서
쇼핑하는
사람들은
전생에
개국공신이었나
싶은 어느 날.

# 마감세일 안하는
# 채소를 정가주고 샀다

왠지 괜찮은 인생

이파리가
누렇지 않아

감격 감격

# 다녀오겠습니다.
# 다녀왔습니다.

라고 말할 상대가 있다는 것은
정말 소중한 일.

# Q4

# 계약하려는 방이 근린생활시설이라는데,
# 그게 뭐예요?

서울 자취방 구할 때 도장 찍기 직전까지 간 집이 있었다. 유난히 시세 대비 크고 쾌적했던 그 곳. 정말이지 마음에 쏙! 들었다. 그래서 바로 계약하시죠!를 외치며 모인 집주인과 중개인, 그리고 나, 삼자대면의 순간.

### 계약서를 읽는데 웬 사무실 임대 계약서?
### 추가사항엔 전입신고 불가?

'어째서죠?! 사장님, 갑자기 이게 무슨 말씀이에요? 이거 사기예요?'
언질도 없이 계약 당일에 통보한 것이 나의 신뢰를 한방에 무너뜨렸고, 전입신고가 안 된다는 찜찜한 마음에 결국 계약을 무산시켰다. 알고 보니 거래하려고 했던 집의 형태가 '근린생활시설'인 것.

우리가 찾는 자취방은 대부분 다가구 주택 혹은 근린생활시설이다. 다가구 주택은 말 그대로 많은 가구가 거주하는 주택이라는 게 추측이 가능한데, 발음마저 어려운 근린생활시설은 도통 감이 오지 않는다.

근린생활시설은 준공 허가상 거주용 주택이 아니다. 주민들의 생활 편의를 돕기 위한 식당이나 슈퍼, 미용실 등 상업적 건물을 말한다. 주택으로 용도 변경을 위해선 주차 공간 / 정화조 크기 확보 등 조건도 까다롭고 집주인이 부담해야 하는 비용이 만만치 않기에 변경하지 않는 경우가 많다.

### 근린생활시설인 자취방, 계약해도 괜찮을까?

1. 계약 전에 정확하게 신고형태를 확인하자. 근린생활시설의 준공허가는 주택이 아닌 상가이다. 때문에 건축물대장을 보면 어떤 시설로 등록되어 있는지 확인 가능하다.

2. 근린생활시설도 전입신고, 확정일자, 임대차보호법이 적용 가능하다. 서류상 용도가 주거용이 아니어도 실제 용도가 주거용일 경우, 전입신고를 하고 확정일자를 받아 주택임대차보호법을 적용 받을 수 있다.

3. 하지만 집주인이 세금문제로 전입신고를 꺼려할 수 있다. 근린생활시설은 태생이 상가용도다. 때문에 앞서 말한 대로 임차인(나)이 전입신고를 하고 확정일자를 받게 된다면 해당집은 주택으로 취급을 받게 된다. 그렇게 되면 집주인은 1세대 다주택자가 되어 비과세 혜택을 받지 못하고 세금을 더 내야 한다.

이런 까닭에 집주인은 전입신고 및 확정일자를 꺼려하는 경우가 많다. 이럴 경우엔 보증금 보호를 위해 전세권 설정등기를 하는 방법이 있다.

**전세권 설정등기 방법**

전세권 설정이란 등기사항전부증명서에 자신이 세입자라는 사실을 기록하는 것으로, 전입신고 및 확정일자가 불가한 경우 보증금을 보호하는 방법이다. 관할등기소에서 등기를 등록하면 된다. 전입신고 및 확정일자보다 필요서류와 절차, 비용이 많이 드는 단점이 있는데, 비용부담을 누가할 것인지 계약 전 집주인과 꼭 짚고 넘어가자.

결론!
근린생활시설이 결코 나쁜 것은 아니지만
전입신고／전세권 설정 가능여부를 계약 전에 꼼꼼히 확인하여
우리의 소중한 '야근 땀'과 '주말 출근 피'로 일궈낸 보증금을
안전하게 사수하자.

# Q5

## 등기부등본, 건축물대장, 중개대상매물확인서, 이것들이 대체 뭐예요?

발품을 팔고 팔아 마음에 드는 집을 드디어 발견했다.

그런데 이 집, 멀쩡한 집일까? 빚 있는 집이면 어떡하지?
집주인이 다르면 어떡하지? 진짜 9평 맞아?
왠지 의심쩍은 집주인이 믿음이 안 가! 이 집 계약해도 괜찮을까?

이런 불안감이 내 몸을 휘감아 몰아세울 때 당신을 구원해줄 것이
바로 부동산 확인 서류 삼대천왕!
등기부등본, 건축물대장, 그리고 중개대상매물확인서다.

## 등기부등본이란?

현재 집주인은 누구인지, 이 집의 권리를 갖고 있는 사람들은 누구인지, 빚은 얼마나 가지고 있는지, 또한 집 크기와 건축년도 등을 알려주는 서류이다.

## 등기부등본의 '근저당권'을 확인하자

서류 중 근저당권 설정이라는 부분이 있는데, 이것은 은행에서 돈을 빌려주는 대가로 그 금액만큼 집에 저당을 잡는 것이다. 쉽게 말해 내가 계약할 집의 빚이 얼마나 있는지, 누구한테 빚을 졌는지를 알 수 있는 서류다. 이는 서류 중 '을구'에 기재되는 근저당권 설정 부분의 '채권최고액'으로 알 수 있다.

근저당권 설정을 확인해야 하는 중요한 이유는 만약 내가 계약한 집이 경매에 넘어가는 아침 드라마 같은 일이 벌어졌을 때, 내 보증금을 보호받을 수 있는지 가늠할 수 있기 때문이다. 우선순위권자들 명단을 살펴보면 내가 몇 번째 순위가 되는지 알 수 있는데, '그 순서=돈을 보장받는 순서'다.

일반적으로 내가 계약할 집의 빚(근저당금)과 내 보증금 합이 집 시세의 60%를 넘으면 위험하다고 본다. 부동산에서 발급해주어 확인하는 것이 일반적이지만, 등기부등본을 조작해서 일반인을 등쳐먹은 사연을 건너 들은 후엔 이놈의 의심병이 가시질 않는다. 수수료 700원 내고 스스로 떼어 불안한 내 마음을 진정시켜주자.

### 등기부등본 셀프 확인방법

대한민국 법원 인터넷 등기소(www.iros.go.kr)에서 확인가능하다.

그리고 계약서상 집주인 이름이 등기부등본상 집주인 이름과 일치하는지 꼭 확인하자. 일치하지 않을 경우 주택임대차보호를 받지 못할 수 있다.

TIP. 중개업자 번역기

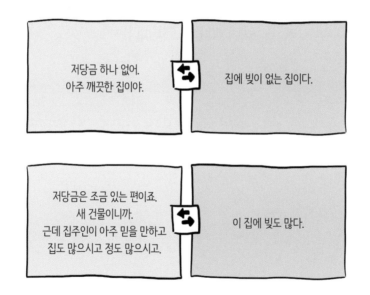

### 건축물대장은 등기부등본의 조상! 이 집의 이력서!

등기부등본으로 '이 집에 권리가 있는 사람'에 대해 확인했다. 그렇다면 이 집 자체에 대한 내용은 무엇으로 확인할까?

바로 건축물대장이다. 여기에는 건축물의 면적 / 구조 / 용도 / 층수 등이 표기되어있으며, 등기부등본에 기록되어 있는 내용의 출처가 바로 이 건축물 대장이다.

<br>

눈치 챘겠지만 건축물대장이 중요한 이유는
등기부등본 서류와 소유권자 / 층수 / 주소 등이
일치해야 하기 때문이다!
(★별표 4천 5억 만개★)

<br>

그래야만 혹시 모를 법적 문제에서 확실하게 보호받을 수 있다. 건축물대장은 민원 24 사이트 또는 일사편리 서비스의 부동산 종합증명서에서 발급받을 수 있다.

<br>

### 중개대상물 확인 설명서

중개대상물은 말 그대로 중개하는 대상물이 내가 계약하는 조건과 일치하는지 확인하는 문서이다.

<br>

두둥! 이 또한 얼마나 중요한지
슬슬 감이 오실 것이라 믿어 의심치 않는다.

전기/가스/난방공급/벽면/도배/일조량/수도/소방 등의 컨디션(설치 유무 & 파손여부)이 어떠한지 계약할 집에 관련된 세부사항을 공인중개사가 기재하는데, 이 확인설명서가 중요한 이유는 이 서류에 표기된 부분 외의 것에 대해 내가 책임져야 하는 상황이 생길 수 있기 때문이다. 살면서 파손표시가 안 되어있는 부분을 수리해야 할 때나, 계약 만기가 되어 나갈 때 파손된 부분을 내가 비용부담을 해야 하는 억울한 상황이 벌어질 수 있다는 것이다. 한 줄 한 줄 꼼꼼히 확인하여 내 권리를 사수하자.

헷갈리지 말아요!

1. 집 자체 = 건축물대장
2. 집 소유권 = 등기부등본
3. 집의 컨디션 = 중개대상물 확인 설명서

# 자취방 계약확인서류
# 삼대천왕

**등기부등본**

집권리자에 관한 서류

＊ 근저당권 확인!

**건축물대장**

집자체에 관한 서류

＊ 등기부등본 일치확인!

**중개대상물 확인서**

집의 시설 상태에 관한 서류

＊ 파손여부 일치확인!

# 헷갈리지 말자!
# 부동산 용어

## 임대인
집 빌려준 사람

A.K.A - 집주인, 전생에 개국공신

## 임차인
집 빌리는 사람

A.K.A - 세입자, 화이팅

# 혼자여도 괜찮아! 과일주만들기
## 잘만든 과일주 하나, 열 이태원칵테일 안부럽다

자취 시작 전,
월세말고 뭐가 얼마나 더 들겠어! 라고 했던 과거의 나에게 돌아가
'그것은 너의 착각×오만×편견 쓰리콤보란다 얘야'
라고 일러주고 싶다.

각종 생활비며, 관리비며, 심지어 새벽 센치비까지 드는 것이 자취생활이다.
그렇다. 자취인은 쉽사리 센치해지기 때문에 혼술 최적 환경이 되기 쉽다.
그렇다고 주구장창 맥주만 마시기엔 지겹고, 또 다음 날 방 곳곳에서 나는 홀아비냄새와
찌그러진 캔을 보면 자괴감에 휩싸이기 십상이다.
진정한 자취몬으로 진화하기 위한 첫 번째 관문. 칵테일 부럽지 않은 과일주를 직접 담궈 마셔보자.

기본 준비물　　-뽀득뽀득. 목욕재계한 제철 과일　　-부글부글. 열탕소독한 유리병
　　　　　　　　-콸콸콸. 담금주(혹은 소주)　　　　-기타: 설탕, 라벨링, 경건한 인내심

## 난 엄마의 영원한 셋째딸기酒

준비물 : 딸기 10알 + 소주 한 병 + 설탕 반 큰술
엄마가 셋째 딸 서울에서 고생한다며 딸기를 싸주셨다.
이 기회를 놓칠세라 10알 정도 깨끗이 씻어 작은 통에 소주 1병과 함께 동거.
1주일 후에 마셨는데 얼추 과일주 흉내를 내고 있지 않는가!
신기하게도 옛날 팥빙수에 뿌려진 딸기시럽 맛이 난다.

## 이게 다 먹구살구 하자는 짓인데 酒

준비물 : 살구 8알 + 소주 한 병 반 + 설탕 4큰술

친구 어머니께서 직접 키워 건네주신 살구 한 바구니.
먹다 보니 이 맛은 길이길이 보존해야 할 것 같아 알코에 박제행.
한달 뒤 마셔보았는데 아아아...그래 이게 다 먹구 살구 하자는 짓인데. 하면서
향긋한 살구향이 나를 토닥여 줬다... 과일주계 힐링의 대표주자!

## 보고있나. 엄마. 아임파인땡큐 酒

준비물 : 파인애플 한 통 + 소주 댓병 + 설탕 1큰술

마감세일에 득템한 파인애플. 한 조각 먹어보니 설탕에 절여 놓은 듯 달디 달아 과일주행 당첨!
파인애플을 숭덩숭덩 잘라 소주 댓병 콸콸콸 붓고 1주일 숙성 뒤 마시는데 어머.
이렇게 맛있게 취할 수 있는거니? Jazz들으며 우아하게 한잔하면 홀로서기 자취생활, 아임파인땡큐다.

## 전 과목 애쁠 기원 酒

준비물 : 사과 2개 + 소주 2병 + 설탕 1큰술

돈은 없고 술욕만 있던 찬란한 대학생 시절. 최신 유행하는 과일주를 사먹을 돈이 없어 직접 담궈먹었던
사과주. 전 과목 에이플러스를 기원하던 나의 염원도 같이 숙성되었는지 정말로 사과주를 마시며 공부했
더니 전 과목 애쁠을 받아버렸다. 3일 만에 사과향이 물씬. 개인적으로 제일 강추하는 과일주다.

개인적으로 선호하는 순서

사과 > 파인애플 > 살구 > 딸기

# chapter 03

## 엄마 없이도
## 먹고 살 수 있다니

-삼시세끼는 사치라는 걸 깨달았으니,
빠르고 간편하게 먹고 살기-

오전부터 릴레이 회의 하는 날은

배가 더 고프다.

얼마 안 남았다!

채부장님은 외근갔으니까
순대국은 안 먹어도 되겠지?

순댓국은
완전 식품이야!

← 꼭 순'댓'국
이라고
발음하는
순댓국매니아

이 눈치는 설마...?

설마...!

거사를 치를
준비물을 챙겨

직장인의 축지법

회사와 10분 거리
우리집에 도착.

고이 품어온 준비물을 풀어 놓는다.

짜파게티

반찬
장조림

메인디쉬

디저트

♡통신사 할인♡

3코스 단돈 1,950원

설거지&요리 동시에
1분초가 아깝다!

가공풍 메인디쉬
7분만에 완성♡

올리브유
한방울 까지
놓칠 수 없다

엄마의 신김치는
간장종지에 덜고

삼김은 커피잔 받침대에

자취찬스 직장인의 점심 한 상.

참, 제프버넷 노래가
빠질 수 없지.

콜유마인

스피커 대용
유리컵 →

노른자 살짝 묻힌
짜파게티에 신김치 착!

※리빙포인트※
짜파게티에는
배추김치 어파리 부분이 맛있습니다. (개취)

美味

환상의삼합
이로구나

자취 이새끼.
겁나 좋다. 너.

# *음쓰같은 *일쓰 BEST 5

## 내 어금니가 못씹고 내 목구녕이 못삼키면 일쓰

 달걀 껍질

 갑각류와 어패류 껍질

 흙이 묻은 뿌리 및 양파 껍데기

 치킨 및 각종 뼈

 과일씨앗 및 딱딱한 껍질

H.O.T.세대를 위한 친절해설
＊음쓰 : 음식물 쓰레기 ＊일쓰 : 일반 쓰레기

# 자취하고 생긴 신종 지옥
## 음쓰 건더기 옮기기.

# 음식물 쓰레기와
# 구남친 미련은
# 바로 바로 버려야한다.

요즘같은
날씨에 방치하면
썩은내 진동

아직도 이뤄나

그러게 말이다

부모님과 같이 살 때는 가스레인지 위에
찌개들이 당번을 돌아가며
자리를 지키고 있었고

금요일엔
나의페어모릿
고추장찌개

밑반찬들은 수건처럼 착착 쌓여있었다.

글라스락
마니아
우리엄마

물론 자취생에겐

출출해...

먼나라 이웃나라 이야기.

홈플러스
맥주창고냐.

가뭄에 콩나듯
일찍 끝나 저녁 먹을 때나
주말에 끼니 해결해야 할 때는

주로 네가지 방법을 이용한다.

외식
테익아웃
편의점
해먹기

첫 번째, 외식.

일단 식당 제일 구석에 자리잡는다.
(벽쪽 보고)

저기가 명당이군

비지찌개 하나요

네

물먼저 세팅

SNS성지순례 몇 번 하고 나면 차려지는 밥상.

맛있게 드세요~

스댕 공깃밥 그릇 특유의
온기를 잠깐 느끼고

아 따수워
고독세포가
녹는느낌.

조심스럽게 밥 뚜껑을 열어본다.

앗싸 쌔밥 로또당첨

태어나길
잘했어...

이천쌀
인가...

밥뚜껑은 앞접시행

157

약속된 맛인
비지찌개 한 술 떠서는

밥의 흰 순결 공간을
최대한 더럽히지 않고
구석부터 샤샥 비벼먹는다.

숟가락 날로
챡챡

하~
좋다…

고독한 미식가 놀이도 잠시.

실제 들음 →

자기야 저 여자 혼자먹나봐.
너무 티나게 보지마.

진짜?

다 들려거든요

눈 둘 곳을 위해
다시 한번 SNS 성지순례.

뭔 해시태그가
이렇게 많어

#나는 #내자신과
#비지찌개
#집앞 #존맛
#공깃밥추가

부러움을 반찬 삼아
식사를 마친다.

발우공양급 식사 끝.

싸인해주세요.

잘 먹었습니다~

아하순대국

계산대 앞 바구니에 소복히 쌓인
사탕으로 노리는 세미 양치.

역시
커피사탕이
갑이지

오늘의 제물은 너닷

아하순대국
저녁특선
1.
2.
3.
4.

24시

계피맛이네. 당했다.

어쩌면, 난
혼자 먹는 것이 싫은게 아니라
혼자 먹는 걸 들키기 싫었던 걸 수도.

응~엄마

나엄청
잘 먹고 다니지~

맨날
회사에서 소고기 사줘

응응

그럼~ 나 없으면
회사 안돌아간대~

가끔은 구라라는 놈도
꽤 평화주의자인듯.

두 번째, TAKE OUT.

사실 테이크 아웃으로
끼니를 때우는 것을 별로
좋아하지 않는다.

식당에서 먹으면
안 치워도 되지만

집에서 먹으면
치워야 하기 때문.

진심을 다해
치우기
겁나 싫다

언제나
받우공양

또 대부분 포장용기는
재활용품을 엄청나게 출산한다.

구낭친 사진 처럼
찝찝하군.

재활용시간
매번 놓쳐서
차곡차곡
적금 중.

그럼에도 불구하고
테이크 아웃을 하는 날은

밀린 예능 몰아보는 날.

야근&주말출근 때문에
밀린예능 시청 숙제

해먹기엔 ...왠지 귀찮고

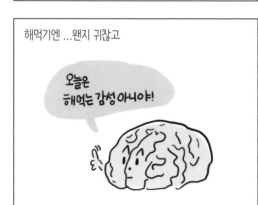

오늘은
해먹는 감성 아니야!

1인분만 배달시키기엔 괜히 미안하고

1인분은
곤란하다해!

↑ 실제로는 대부분 됩니다

그런 날은
TAKE OUT 원정을 떠난다.

누나 밥구해올게

갔다와 누나

머릿속으로 저녁 시뮬레이션 중.

명인만두에서
만두&떡볶이?

포메인 에서
나시고랭?

영동시장에서
족발?

밥이 없네

응 너무 자주
인가?

에이 이건
안주잉.

^^

칼로 툭툭툭 자를 때쯤

무심한듯 툭툭툭

라볶이 완성.

여기요~

단무지 두개 드렸어.
오천원이요.

고맙습니다

환상의 복식조가
만들어주신
꽤 묵직한 저녁밥을 들고
귀가.

따뜻해♡

무하안~
도저언~

오늘의 밑반찬은
지난 주 무한도전.
(주말출근 때문에 못 봄)

혼자여도 꽤 괜찮은
주말저녁이 이렇게 지나간다.

세 번째, 편의점.

1인용 가구한테 꼭 필요한 만큼 재료도 팔고

날계란 낱개 300원

대파 한뿌리 800원

양파 1000원

사과 1200원

바나나 1300원

가성비 갑of갑 도시락은 말할 것도 없다.

반찬 수도 감동. 금젓가락도 감동.
너무 먹어서 한동안 끊음.

백종원 한판

김혜자 진수성찬

통신사 할인까지 받으면
의외로 대형마트보다 싼 물건이 많음.

통신비 한달에 10만원 정도
나가서 악착같이 할인받음.

한 집 건너 24시간 편의점이 있으니

GS26

나 같은 올빼미형
인간에겐 성지같은 곳.

새벽 2시에
맥주가
급땡겨도
두렵지 않다네
~♬

편의점 끼니 중 제일 애정하는 메뉴조합은

김치찌개 컵라면

참·마·상·김

치즈소세지

김치찌개에 치즈소세지를
넣고 뜨거운물 부어주면

김치찌개

햄김치찌개에 가깝지만
**부대찌개 완성 ♡**

소세지 치즈가
녹아서 그럴바해 ♡

컵라면 먹을 때 비지면
섭한 뚜껑컵 만들어 한김 식혀먹고,

① 뚜껑준비   ② 반접기   ③ 또접기

④

김치찌개

살짝 매콤하다-싶을 때
참마상김 한입으로 달래준다

마요네즈 발명한 사람
나와· 뽀뽀해주고 싶다

송과장이
월차써서
하루종일
안보게된
날의느낌
♡

167

수 많은 편의점 애정템 중
나의 베스트 3를 뽑아보면

3위

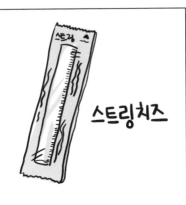

스트링치즈

라볶이가 가로수길 치즈 누들 요리가 되고

볶음밥이 경리단길 치즈리조또가 되고

나쵸과자가 한남동 타파스가되는 기적템.

물론 단독 맥주안주로도 훌륭함.
(살도 훌륭한 속도로 찐다)

맛살처렁 찢어먹는게
좋아함

2위

봉봉초콜릿

초콜렛 무한 성애자인 나.

헉헉

나에게 초콜렛이란,
무한 식사릴레이를 멈출 수 있는 마법의 약.
(초콜렛을 먹을 때까지 계속 무엇이든 먹음)

1차밥 먹고 2차밥먹고 3차 밥먹고

고딩시절 너무 좋아해서 문방구에서 박스 채
사먹었는데, 이젠 편의점에서 조금씩 조달해서 먹는다.

편의점에서만
2+1

2+1    봉봉 초콜렛
       300원

초콜렛 주제에
사탕포장인 것도 깜찍한데,
300원 주제에
크리스피한 속 내용물.

식사 후 한입에
쏘옥 넣으면
이 순간만큼은
내가 제일 부자왕.

출세했다, 나.
봉봉을 한입에
해치우다니

169

1위

산채비빔 맛다시

맛다시

맛다시는 직업군인인 동생이 처음 소개시켜주었는데

누나 이거 알아?

처음엔 요상한 이름과 디자인 덕분에
케첩 보위병사로 지내다가

비빔밥 고추장 대용으로
어쩔 수 없이 처음 썼다.

헉
고추장이
없다니

순창 찰고추장

맛없으면 어쩌지.

그와중에
남김없이
짝짝

두근 반 우려 반으로
처음 먹어 본 맛다시는

뭐지 불량스러운데 고급진 이 맛은?

완전 취향저격!

그 후 동생에게 조금씩 수급받다가

괜히 줬어... 귀찮...

김이더 맛따시

편의점 햇반 아래코너에서 발견하고는 기뻐서 기절.

햇반 햇반 햇반

양반김 양반김 산채비빔 맛따시

닭도리탕같은 빨간 양념 소스로도

계란 완반숙 하나라도 맛다시만 있으면 훌륭한 비빔밥이 된다.

노른자 72% 정도만 익히는거 좋아함

이런 잔망스런 맛다시년. 사랑한다.

# 퇴근길 마감세일 성지순례

## 10분거리 퇴근길을 1시간으로 만드는 마감세일 파워

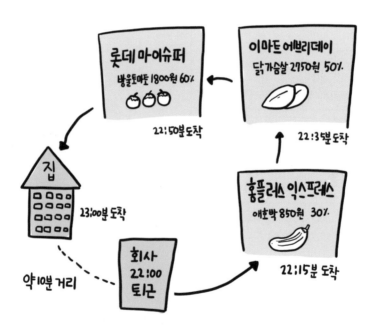

롯데 마이슈퍼
방울토마토 1800원 60%
22:50분도착

이마트 에브리데이
닭가슴살 2750원 50%
22:35분도착

집
23:00분 도착

홈플러스 익스프레스
애호박 850원 30%
22:15분 도착

회사
22:00
퇴근

약 10분 거리

# 아침, 출근복 선택의 기준
## 1. 덜 냄새나고 2. 덜 구겨진 것

빨래, 또 밀려버린
어떤 날의 아침풍경.

오늘은 네놈이렸다

네 번째, 해먹기.

집에서 밥을 해먹는다는 것은
생각보다 초기자본이 많이 든다.

대부분, 엄마 집에서는
공기처럼 당연히 존재했던 것들.

1. 조리기구

기본 양수냄비. 각종 찌개, 라면용

넓은 후라이팬.
후라이, 부침개등.

깊은 후라이팬
볶음밥, 면요리등.

2. 기본 식재료

쌀. 페트병에 보관하면 벌레 안꼬임.

김치. 엄마집 갈 때마다
한통씩 수급받음.

계란. 만만한
기본템.

## 냉동보관 손질 채소들

청양고추 2천원어치 사서 쫑쫑 썰어놓으면
실컷 먹는다.

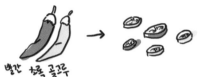

빨간 초록 골고루

## 대파. 잘 손질해서
## 뿌리/흰부분/파란부분 나눠서 보관

뿌리는          흰부분은          파란부분은
국물용          볶음용            멋내기용

---

3. 기본 양념

카놀라유.

식용유와 올리브유
사이에서 갈등하다
극적 합의 봄.

진간장. 단맛.      국간장. 안단맛.
무침/볶음용         국/찌개용

---

고추장&된장.
양념계 GD&TOP

소금 & 설탕 & 후춧가루

간맞추기 아기돼지 삼형제

초기자본은 많이 들지만
기본재료들이 세팅되고 나면
메인재료만 구하면 된다.

제일 좋아하는 메인재료는

퇴근 길 우연히 재회한

두부 아저씨의

따끈한 손두부.

어렸을 때
두부 아저씨의 종소리는
엄마 심부름을 알리는
알람소리.

몇 십 년 만에
그 종소리를 다시 들으니
파블로프의 개처럼
따끈한 두부가
반사적으로
생각났다.

마침 주머니 속엔
천 원짜리
몇 장이 있었고

평소에는
체크카드만
들고다님. →

판두부와 순두부 사이에서 잠시 갈등하다가

카스테라처럼 푹신한 단면에 반해
판두부 득템.

집에 와서 유혹을 못 참고
조금 떼어 먹었는데

푸딩같아 ♡
왜 이제서야
나타난거니

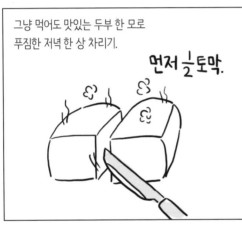

그냥 먹어도 맛있는 두부 한 모로
푸짐한 저녁 한 상 차리기.

먼저 ½토막.

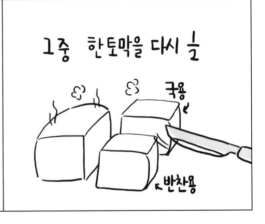

그중 한토막을 다시 ½

국용

반찬용

먼저 된장찌개.

먼저 멸치 두세마리 땀빼주고

된장 두 스푼 풀어준다.

냉장고 채소떨거지 단체입수

감자 양파 애호박

냉동실 채소스노우맨 단체입수

청양고추 대파 다진마늘

대망의 손두부도 챱챱챱 넣고

소금과 고향의 맛으로 간을 맞춘다

그리고 인내심 5분을 마지막으로 넣어주면

된장국과 된장찌개 그 좋간 어디쯤
♡완 성♡

두 번째, 두부부침.

먼저 넓적한 후라이팬 예열.

까놀라유 둘러준다

(들기름있으면 굿잡맨)

반도막의 반도막 두부를 넓적하게 잘라 넣고

냉장고 주머니 사정에 따라
있는 채소도 같이 굽굽

양파 버섯

소금과 후추로 간을 하면

밥반찬이기엔 아까운 당신,
두부부침 완성

쉐리냄새 나는 수건

냉장고 밑반찬

빛이 나는 싱크대

엄마의 소중함을 집안 일로 느끼다니
이런 딸을 보았나.

엄마! 내가 잘할게! 멍멍

응, 엄마
밥은 냉동실에 넣어놨고
파김치는 통에 옮겼어
잘 먹을게~응응

엄마 집을 다녀왔다.

채워진건 냉장고인데
왜 외롭던 마음이 든든한걸까?

# chapter 04

## 나의 반려집에
## 관리의 손길을

*- 월세에 딸린 자식들,*
*관리비에 대처하고 집 돌보기 -*

월급날.

24일 오전 9시 30분 입금

끌끌끌
오늘은 마감세일
안하는 신선한 놈들로
장봐야지

띵동!
월급왔송

다음날.

25일 영혼까지 탈탈 출금

이경규의
몰래카메라
아니지...
이거...

띵동!
띵동!
띵동!
땡땡동!
동그랑땡땡동!

부모님과 같이 살 때는

천하제일
개딸 시절 →

고정지출 외에는 큰 지출이 딱히 없었는데,

주요지출 내역

통신비     10만원

교통비      6만원

서울여자 변장비  5만원

강남 한복판에 8평 둥지를 튼 뒤에는

예상치 못한 지출이 하나 둘 출몰했다.

어...엄마...!
안녕하세요

인사해
숨겨둔
자식들이야

지출③
지출②
지출①

아침
드라마
찍냐...

처음 자취를 결심했을 땐
'월세'만 생각했는데,

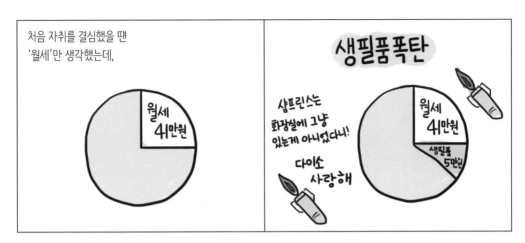

생필품폭탄

샴푸린스는
화장실에 그냥
있는게 아니었다니!

다이소
사랑해

월세
41만원

생필품
5만원

식비폭탄

마감세일
매니아인데도
이 정도

월세
41만원

식비
15만원

생필품
5만원

북유럽폭탄

북유럽인테리어 소품쇼핑.
킨포크 잡지
볼 때마다
걸리는 불치병.

월세
41만원

북유럽
7만원

식비
15만원

생필품
5만원

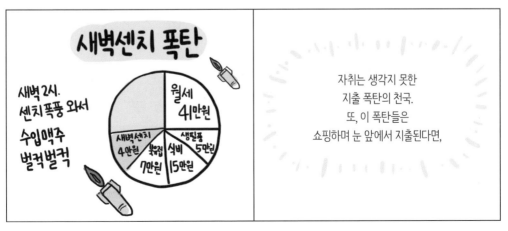

새벽센치 폭탄

새벽 2시.
센치폭풍 와서
수입맥주
벌컥벌컥

월세
41만원

새벽센치
4만원

북유럽
7만원

식비
15만원

생필품
5만원

자취는 생각지 못한
지출 폭탄의 천국.
또, 이 폭탄들은
쇼핑하며 눈 앞에서 지출된다면,

왠지 뒷통수 맞는 듯한
관리비 폭탄도 있다.

첫 자취를 겨울에 시작했기에

꼭대기층이라
더 추웠던 자취방

가스비 폭탄의 정체를 모르고
사정없이 보일러 빵빵하게 사용.

온 집안이 24시간 찜질방처럼 후끈하게.

내방에
아지랑이
모락모락

따뜻한 물도 콸콸콸.

한달 뒤.

뭐지. 청정장인가?

가스비 →

조금따숩게 살았다고

이렇게 치사하게

한국도시가스요

나오기냐

동공지진

이번달 가스요금 68,000원

이번달 결혼식 3건인데

68,000원

첫 키스보다 짜릿했던 첫 가스비와의 대면 순간.

191

얼마 후.

뭐지. 이 데자뷰는. 겄도 왠지 폭붙 같아

전기세

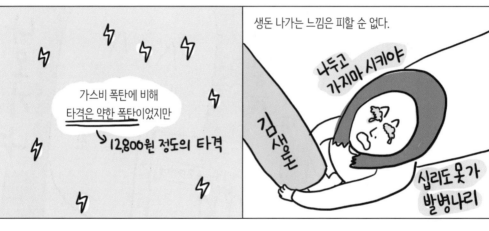

생돈 나가는 느낌은 피할 순 없다.

가스비 폭탄에 비해 타격은 약한 폭탄이었지만

→ 12,800원 정도의 타격

나두고 가지마 시케야

김생돈

십리도못가 발병나리

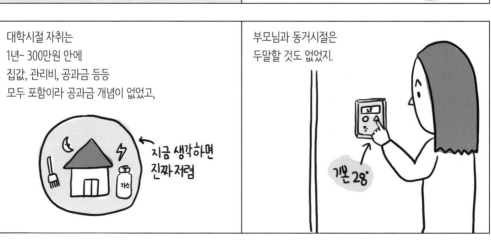

대학시절 자취는
1년- 300만원 안에
집값, 관리비, 공과금 등등
모두 포함이라 공과금 개념이 없었고,

← 지금 생각하면
진짜 저렴

부모님과 동거시절은
두말할 것도 없었지.

기본 28°

보일러 좀 작작 때.

아 추워!

그땐 가스비가
뭐라고 보일러 온도계 숫자 하나에
쩔쩔매는 엄마가 짠순이 같았지만

그 짐을 내가 책임져야 하니
이제서야 이해됐다.

뭘 이정도로
그래

세미가장의
무게 체감

자취는 생각보다 정말
돈이 많이 든다.

ABCN--
오만원
50000
50000

신사임당 최소 15분 정도?

거기에 직장인이 되니 나가는 각종 경조사비.

이번달
박차장님 돌잔치에
깅대리님 결혼식에
아빠생신에
...

돈을 버는데도 거지인 나였다.

어째서
이렇게 힘든데
마이너스 인거죠

아
아
아
아

고딩 노수봉 →
(지금 비하면 '박씨전'급)

취미: 지우개에 난해한 그림 그리기

하교길 필수코스 포장마차.

어서와~

안녕하세요~

아줌마!
떡볶이 750원어치 주세요.

이거 밖에없어서 ㅎㅎ

자 - 맛있게 먹어

결국 1000원 어치 주심 ↓

고맙습니다

ㅎㅎ

750원어치 컵떡볶이 들고 미술학원으로 다시 등교.

오! 저집 예쁘다 -!

너무 예뻐서 대문 창살 사이로 살짝 들여다 봤다.

작은 마당에 햇빛이 올려진 테이블,
낮잠자던 강아지가 하품하던 예쁜 집.

개조심

여러분은
이러시면 안돼요

그런 집 26살 쯤엔
살 수 있겠지?

그리고 현재.
야근과 싸우는
26살 노수봉.

마당은 개뿔,
8평 남짓한 원룸 살기도 벅찬
26살의 내가 되었다.

10년 전 나에게
어른의 삶은
생각보다 많이 버겁다고
귀띔이라도 해주고 싶다.

수도세,주민세,가스세,전기세
숨 쉬는게 그냥 돈일세

월세는 예고편에 불과하세

# 감사합니다 스승님!
## 오늘도 당신에게서 많이 배워요 ^^

내가 좀
롤모델이긴 하지

저렇게는 안돼야지-
가르쳐주셔서 감사해요

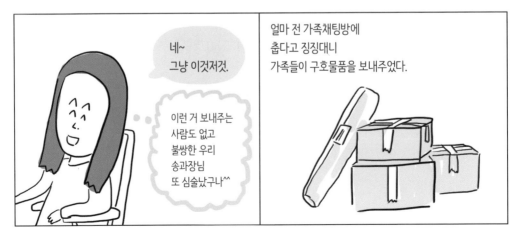

노씨네 셋째딸... 외지에서
추워서 죽겠쏘 ㅠㅠ

여러분의 따스한 관심이
불쌍한 독거직장인의
삶을 구할 수 있습니다

**엄마**

그러게 뭐하러 자취를 해서 고생이야

**첫째_콩냐**

연애나 해 ㅎㅎㅎㅎㅎ

**둘째_다히노이**

뭐래 ㅎㅎㅎ

**막둥이**

PX에서 뭐 좀 사다줄까 누나? 맛다시?

**아부지**

배송은 착불이다

참치해체 보다
더 영롱한 순간,
택배해체.

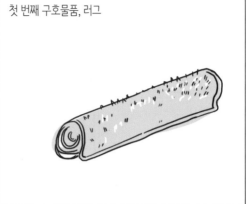

첫 번째 구호물품, 러그

쿵          챠

오                    꽤 크다

펄                          럭

부들부들
기분좋다♡

발가락 꼼지락

러그 위치는 최대한

화장실 다녀왔는데
발이 안시렵다니 ...!

여러분,
겨울에 러그는 진리입니다.
하나 하세요.

※러그PPL아님.

두 번째 구호 물품, 전기장판

이미 잘 알려진 겨울 필수템이지만
최대한 미루고 미뤄온 이것.

그 이유는
남모르는 개인적인 비밀인데,

이번 기회에 비밀 하나를
고백하자면...

안궁금해도 어쩔수없음!

남모르는 개인적인 비밀은 바로,
따뜻함 탈출불가 증후군

전기장판도 마찬가지.

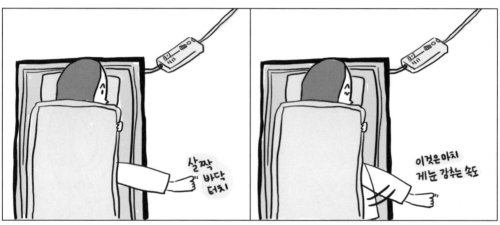

살짝 "바닥 터치

이것은 마치 게눈 감추는 속도

일어나야 하는데
나갈 수가 없어....ㅠㅠ

셀프
감옥

일어나
임마

그래서 전기장판은 아주 가끔
최소오오오오한만 쓰기로.

너를 못믿는게 아니라
나를 못믿는단다.

세 번째 구호물품, 뽁뽁이

내 자취방은

찰캉찰캉

창문도 세모 모양이라

흠…

이정도면 되겠군.

뽁뽁이도 세모 모양.

오오 대충맞네
역시 내자신

맨 윗층이라 외풍이 심한
이부자리 옆자리에도

뽁뽁이를 착.

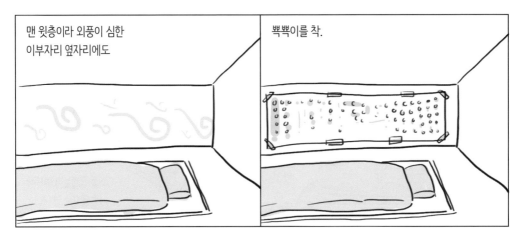

그 외 구호물품들.

아빠가
보내준
발바닥 핫팩

발바닥 시렵다고 한거
기억하신 모양

엄마가
보내준
수면양말

집에서 신으라고 주심.

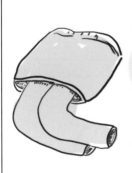

첫째언니
콩냐가
보내준
기모 치마레깅스

입으면 +4kg 되어 보이지만
벗을 수 없는 마약템

둘째언니
다히노이가
보내준
육포&귤

간식이지만 내껜 술안주

남동생이
보내준
달팽이 크림&
보습로션
from PX

자기 전에 바르면 꿀

아빠가
보내준
큰글씨 좋은생각
과월호

...왜죠?

207

집안 곳곳에서
느껴지는 가족의 온기가
겨울 내 자취방 최고의 난방.

# 자취방 청소계 GD&TOP

베이킹
소다

식 to the 초

**과일씻기**

껍질에 좋은 영양소 있다던데, 그냥 먹기는 불안한 각종 과일들.
베이킹소다 2큰술 넣은 물에 과일을 입수. 몇 분 후 꺼내 흐르는 물에 씻으면
뽀드득~ 뽀드득~ 내 귀의 융털까지 청소된 듯한 상쾌한 소리를 들을 수 있다.

★
**막힌 배수구 뚫기**

배수구에 물이 잘 안내려갈 땐 고구마 백 개 먹은 가슴처럼 답답하다.
이럴 땐 베이킹소다를 뿌린 뒤 데운 식초를 붓고, 3분 뒤 끓는 물을 부어주자.
이렇게 까지 해야 하나, 하고 냄새를 맡으면 약간 자괴감이 들지만 정말 속 시원하게
뻥~! 뚫린다.

**도마씻기**

김치에 돼지고기에 채소까지. 각종 냄새와 얼룩으로 고생 많은 우리 도마.
베이킹소다 1큰술 흩뿌리고 수세미로 문질러 주면
우리 처음 만났던 그때처럼 다시 뽀송뽀송 해진다.

**빨래냄새 잡기**

세탁 시 식초를 1큰술 넣고 돌리면 빨래 특유의 쿰쿰한 냄새가 사라진다.
식초냄새가 날까 걱정된다면 그것은 당신의 오만과 편견!
식초냄새는 휘리릭 증발되니 걱정 마시라.

**전자레인지 청소**

전용그릇에 물:식초 = 5:1로 붓고 4분 작동 START!
식초 물이 뜨거운 수증기로 증발하면서 묵은 때를 불려준다. 행주로 불려진 묵은 때를
싸악 닦아보면 십 년 묵은 체증도 함께 내려감을 느낄 수 있을 것이다.
살균효과는 덤!덤!듀오덤!

**각종 악취 예방**

냉장고/주방하수구/쓰레기통/신발장/화장실 등 집안 곳곳의 알지 못할
퀘퀘한 냄새 때문에 고역을 겪는다면 베이킹소다를 무심히 툭 툭 뿌려놓자.
이런 기특한 자식이 탈취작용도 할 줄 안다.

**물 때 제거**

반짝반짝 예뻐서 샀던 스테인리스 소재의 주전자, 냄비 그리고 싱크대.
은빛찬란했던 순간은 잠시. 이 녀석들 몇 번이나 사용했다고 그렇게 물때가 끼고
난리인 거니. 이 때 베이킹소다:물 = 1:1로 마법의 액체를 만들어 살살 닦아주면
북극성처럼 반짝거린다.

★ **세탁기 청소**

세탁기 안쪽은 당최 어떻게 닦아야 되는지 감조차 오지 않는다.
이 역시 자취 청소계 마법요정을 소환하면 된다.
식초:베이킹소다 = 1컵:1컵 비율의 액체를 넣고 세탁을 하면 세탁조 안 부분이 깨끗해진다.

# Q6

## 월세 세액공제는 어떻게 받아요?
## 집주인한테도 눈치 보이는데

일 년에 단 한번, 월세 자취생들의 페스티벌! 블랙프라이데이보다 더한 짜릿함!

바로 연말정산 월세 세액공제!
YEAH!

다소 생소하기도 하고 또 잘 알지 못해,
혹은 귀찮아서 지나치는 사람들이 있는데
달마다 내는 월세, 아까웠다면 꼭 챙겨 받자.
자취생을 위한 일종의 캐시백이다.

## 월세 세액공제란?

연 소득 7,000만 원 이하 무주택자일 때(집 주인이 아닐 때) 연간 월세 지급액 중 최대 750만원 한도에서 월세로 낸 돈의 10%(75만 원)를 공제 받을 수 있는 제도.

2013년 세법을 개정하여 공제방식을 월세 '소득'공제에서 '세액'공제로 변경했다(소득공제는 소득액을 기준으로 공제하여 연봉이 높은 사람에게 유리하지만, 세액공제는 누구나 동일하게 산출세액에서 공제하여 연봉이 낮아도 유리하기 때문).

### 월세 세액공제를 받을 수 있는 조건

무주택 세대주 / 전입신고자 / 임대차계약서와 주민등록 주소가 동일한 사람(전입신고자) / 25평 이하에 사는 사람 / 근로소득이 7천만 원 이하인 사람

### 월세 세액공제에 필요한 서류

주민등록등본 / 임대차계약서 사본 / 월세이체 증빙서류(계좌이체 확인서 / 무통장 입금증 / 통장 사본 등)

### 월세 세액공제 신청 방법

주소지 관할 세무서에 직접 방문하거나, 국세청 홈택스 인터넷 납세 서비스에 접속해서 〈상담 / 제보〉-〈현금영수증 민원신고〉-〈주택임차료(월세) 신고하기〉로 진행한다.

## 만약 집주인이 월세 세액공제를 받지 말라고 한다면?

집주인 입장에서는 임차인이 월세 세액공제를 받으면 자신에게 그만큼 세금이 부과되어 마찰이 생길 수 있다. 이 때문에 임대차계약서상 월세 세액공제를 신청하지 않겠다는 반강제 특약사항을 넣기도 한다. 엄연히 불법이지만 마음에 드는 방을 놓치기 싫은 우리로서는 눈치를 볼 수밖에 없다.

하지만 이럴 때에도 방법은 있다! 월세 세액공제는 매년 연말정산 때 신청(근로소득자의 경우)하지 않더라도 3년 이내에 경정청구로 신청해도 가능하기 때문에 임대차계약 종료 후에 해도 된다.

### 경정청구란?

부당하게 세금을 더 냈거나 잘못 낸 경우에 돌려달라고 요청하는 것이다. 법정신고기한 경과 후 5년 이내에 관할 세무서장에게 정당하게 세액을 결정 또는 경정해줄 것을 청구하면 된다. 세무서에서는 경정청구를 받은 날로부터 2개월 내에 처리해 세액을 환급해준다. 방법은 관할 세무서에 가서 경정청구서를 작성하면 된다.

– 필요서류: 주민등록등본, 임대차계약서 사본, 월세 지급 증명서류

# chapter 05

## 내 한 몸 누일 공간만큼은
## 내 맘대로!
## 혼자 사는 재미

- 누구나 한번쯤은 도전해보는
북유럽 인테리어,
그리고 온전히 혼자인 삶 -

| 자취 전에는 | 자취 후에는 |
|---|---|
| **자취 = 혼자 사는것** | **자취 = 혼자 노는것** |
| 인 줄 알았는데 | 의미가 더 커졌다. |

퇴근 후 부모님 계신 집이 아닌

서울 어디든 놀러갈 수 있다...!

뭐, 대부분 매일 야근에
회사 ⟷ 집이 보통이지만

아침에 퇴근해서
옷만 갈아입고
다시출근

반좀비

가아아아아아끄으으으음
칼퇴징조가 느껴지는 날엔

4시부터
#핫플레이스
검색

송충이 퇴근 전까지 기다릴 수 없다!
나의 소중한 퇴근 후 생활

뒤도 안 돌아보고 정시퇴근.

먼저 들어가
보겠습니다

와—
수봉씨
알이컸다?

자취 후 생긴 나만의 놀이터로 간다.

홍대
녹사평, 이태원
가로수길
논현
강남역

사회생활 후 친구들과 약속잡기란
하늘의 별 따기보다 어려웠기에

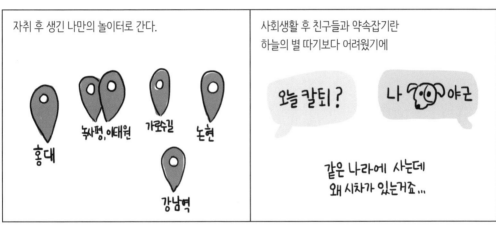

오늘 칼퇴?

나 🐶 야근

같은 나라에 사는데
왜 시차가 있는거죠...

내가 나와 노는데 어색하지 않아졌다.

야 뭐 재있는 얘기없냐

○○ 없음.

내 베프
나 자신

그저 회사 ←→ 집
뫼비우스 띠에서
벗어남에 감사할 뿐.

강남
&
논현

회사에서 20분만 걸으면 만나는 강남.
퇴근 후 산책 코스는

커플몬과
예비커플몬들을 피해

이경규의
몰래카메라2 인가...

CGV 뒤편 라멘집에 들어가
커플들 사이에서 라멘+교자세트 먹고

지하상가에서 만 원짜리 원피스 득템.

매일 오늘이 마지막 세일중

마지막
세일 !!!
오늘만

저집보다
3천원 싸네

양말

레깅스

무지에서 살림살이에 눈독들인다.

MUJI 無印良品

핫, 영롱한 스테인레스

알라딘 중고서점에서 중고 만화책 득템.

스위트 스페이스에서
유통기한 임박 초특가 득템.

그리고 영동시장 백종원 거리에서
사람 구경 잠깐.

김이 모락모락 나는 마포만두에서
갈비만두 포장 후,

집에 와서 밀린 예능을 반찬삼아 먹는다.

혼자여도 그럭저럭 따뜻한 밤이
또 이렇게 흘러간다.

가로수길

회사에서 가장 가까운 가로수길.
걸어서 10분.

오저렇게 입어야지

← 결국 치마.레깅스

개성넘치던 가로수길이

대기업 점포로 바뀌어 가서 참으로
개탄스럽지만,

멍하니 사람 구경할만한 곳이
여기 만한데가 없다.
높은 위치의 카페를 가서

사람 구경 겸 커플 구경.

저 정도 스킨쉽이면
100일은 됐겠군

← 세상 가장 쓸모없는 짓

222

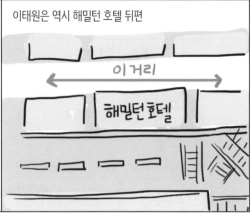

이태원은 역시 해밀턴 호텔 뒤편

이 거리

해밀턴 호텔

홍콩&대만&뉴욕
한 스푼씩 넣은 이 거리에서

라임모히또 한 잔으로
분위기에 맞춰 흥을 돋구고

은근 운명의 만남을
기대하지만 역시 없음.

발이 안닿아...

1차

그러고선 해밀턴 반대편 거리로 건너가서

해밀턴 호텔

이 거리

귀도 막힌 주제에 피어싱 구경.

한번
대보세요~

피콜로의 피가 흐르는지
뚫는 족족 새살 돋음

와플대학에서
생크림 시나몬과를 졸업한다.

최근 바나나 누텔라 과에서
생크림 시나몬과로 전과함.

식기전에
드세요~

그후 블루55 루프탑가서
3500원짜리 하우스 맥주를 홀짝.

#이태원 #루프탑
# 혼맥 #난괜찮아

2차

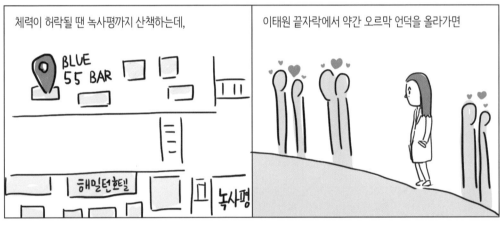

체력이 허락될 땐 녹사평까지 산책하는데,

BLUE
55 BAR

해밀턴호텔

녹사평

이태원 끝자락에서 약간 오르막 언덕을 올라가면

그 어떤 루프탑바보다 뷰가 좋은 편의점이 나타난다.

GS25

운이 좋아 자리가 나면
참깨라면 작은 컵과 호가든 한 잔으로  나 혼자 3차.

좋~을 때다~

3차

혼자 알딸딸하니 기분좋게 취했을 때
편의점 근처 애정하는 액세서리 가게를 간다.

OPEN

이태원 작업실

은 액세서리 수공예집인 이 곳은
특이한 디자인도 마음에 들지만

대부분 처음보는
디자인들

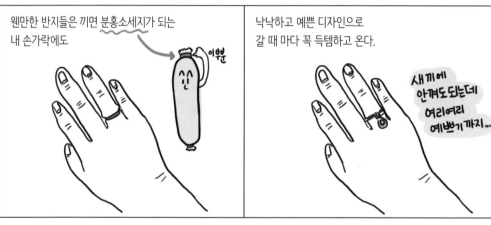

웬만한 반지들은 끼면 분홍소세지가 되는
내 손가락에도

이부분

낙낙하고 예쁜 디자인으로
갈 때 마다 꼭 득템하고 온다.

새끼에
안껴도 되는데
여리여리
예쁘기까지...

버스를 타기 위해
경리단길을 천천히 구경하며 거꾸로 내려와서는

어딜가나 한 가운데 레이아웃 된
남산타워를 보며 나와의 데이트를 마무리한다.

서울, 대책없이
낭만적인 새끼

226

# 센치지수 두배 증폭!
## 혼자 산책 1시간 30분 추천코스 (시속 노수봉/km)

준비물: 자우림-반딧불.mp3, 운동화

BuLE 55

와플대학

• 이태원역

**FINISH** ←

해밀턴호텔

이태원
작업실
GS25

트레비아

• 녹사평역

하얏트호텔

르물랑 (WINE BAR)

경리단길

부기우기 (LIVE JAZZ BAR)

남산체육관
버스정류장
402/405번

하베스트 남산 (ROOF-TOP BAR)

P.P (ROOF-TOP BAR)

후암약수터
버스정류장
402/405번

더백푸드트럭 (ROOF-TOP BAR)

힐튼호텔

**←START**  • 서울역

남산

피톤치트 뿜뿜!
이것이
노수봉의 올레길!

• 회현역    남대문시장

227

신논현 감성

녹사평 감성

가로수길 감성     자취방 감성

주말에 어떤 날은
하루종일
한 마디도 안할 때가 있다.
그러다 웃긴 영상을 보고
피식 하는 웃음소리에
흠칫 놀란다.

서울 살이,
고독하다.
고요하다.
외롭다.

수경이가 업무 중에 말을 걸었다.

PC카톡 투명도 20%

야

야 생일 선물 사줄게
이제 생각남

빨리도 말한다

4개월 지났거든

받기 싫음?

사주세요

3만원 이내로 골라라

넵

5

4

3

잠깐만 시키야

좌뇌우뇌 대뇌피질
풀가동

가성비 최고의

아이템을 찾아라

삼만 원으로
살 수 있는건 많지만

선물일 때 내 기준은

내 돈으로 사기엔
아까운 것

이 기준으로 오른 최종후보.

A
코슷코 연간회원권
35,000원

B
미니 전동드릴
32,000원

코스트코는 한번 가본 뒤
롯데월드보다 좋아하게 된 쇼핑의 성지.

회원권 있는 다히노이가
생색내며 데려가줌

COSTCO

보쉬전동드릴은 요즘 북유럽인테리어에
꽂힌 내가 블로그 리뷰에서
심심찮게 눈여겨 본 아이템.

수봉씨,
일 안해?

흠

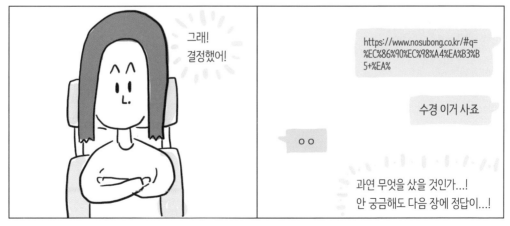

그래!
결정했어!

https://www.nosubong.co.kr/#q=
%EC%86%90%EC%98%A4%EA%B3%B
5+%EA%

수경 이거 사죠

ㅇㅇ

과연 무엇을 샀을 것인가...!
안 궁금해도 다음 장에 정답이...!

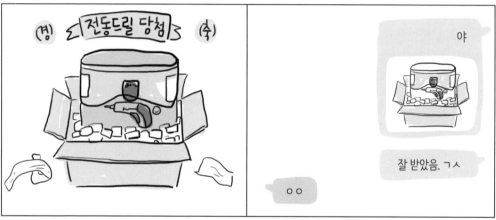

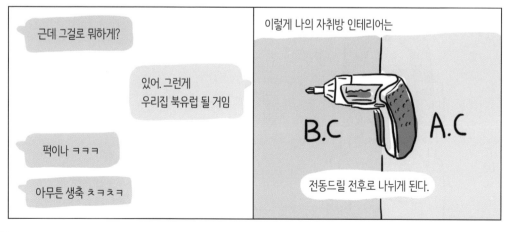

## 서울자취생의
## 셀프 인테리어
## 조명

언제나처럼 누워서 잘 준비를 하는데

천장에 달린 조명 속 무언가를 발견했다.

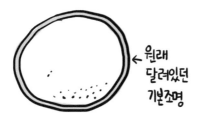

← 원래
달려있던
기본조명

?!

궁금한 마음에 자세히 들여다보니

?

초파리 시체가 별자리처럼 수 놓아져 있었다.

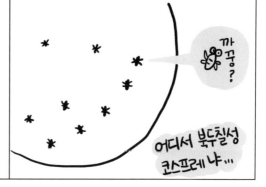

까꿍?

어디서 북두칠성
코스프레 냐...

우엑. 초파리와 동거라니 !!!

벌레에 무척이나 취약한 나는

왠지
쳐다보는 것 같아...

이토준지 만화를
너무 봤나

조명바꾸기 대프로젝트에 돌입했다.

무작정 사려고 보니
살 곳도, 살 것도 선택의 폭이 너무 많았다.

조명 🔍

G

11↵

Cupang

뭘 사야
북유럽이라고
소문나지 ...!

← 고질병 결정장애

조명 인테리어 사진 레퍼런스를 먼저 찾기로 했다.

나의 집은 논현동 가구거리 근처.

덕분에 출퇴근하며 예쁜 디스플레이를
자주 보고, 찍고.

오오
저런 조명도
예쁘네

어딜가도 조명만 보면 찍어서

너 찍는거 아님
오빠 ㄴㄴ

찍으면
죽는다

사진첩에 나름 조명 폴더도 만들었지만 슈퍼빈약.

카메라롤
2,900

조명
26

스크린샷
96

수봉셀카
1,236

인테리어 미생이었던
내게 한 줄기 빛과 같은 어플 발견!

핀터레스트

나 빼고 친구들 다 알고 있었다.

관심있는 키워드를 입력하면

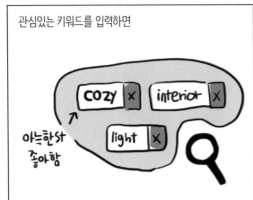

아늑한사 좋아함

전 세계의 어마어마하게 많은 사진이 쫘르륵
폭포처럼 쏟아진다.

마음에 드는 사진은 '핀'을 꽂아 한번에 볼 수 있어서
왕창 좋음.

오호 세오 다락방은
이런 조명이 예쁘고만

초북유럽인

인테리어
전투력
상승

뭘 보냐? 우슨 꿍꿍이야

무서워서 힐끔 보는중

애는 별로 겠구만.

시뮬레이션으로
잠못이루는 밤.

다음 날 아침.

안녕하세요-

출근 하자마자 열심히

분노의
타블렛질

밤새 고른 조명 후보를
포토샵으로 내 방에 시뮬레이션.

← 괜히 일하는 적용 창

최종 후보

A          B          C

A는 너우 카페 같고
B는 너우 공주공주
C는 너우 유행탈듯...

음

뭘 그렇게 고민해?
광고주 피드백 왔어?

아, 아무것도
아니에요.

번개보다
빠른
Alt+Tap

뭐야
이직준비
하냐?

치열한 토너먼트를 거친

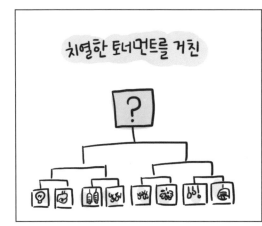

최종 우승조명

전구 세개가 들어가는
기하학적 모양에 반함.

조명 선택 후
찾아 온 고민은
전구 컬러 선택.

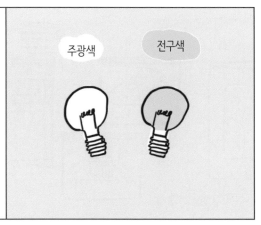

주광색

전구색

회사에서 주광색을 실컷 보기 때문에
(약 14시간) 카페 느낌을 내기위해
전구색 선택.

너로정했다!

조명 바꾸기. 일단 두꺼비 집을 내리고

조심스럽게 초파리 시체 조명을
떼어낸다.

＊ 우리는 세입자이기
때문에 기존조명은
잘 보관 해둡니다.

우웩 송과장 만큼 싫다

초파리 시체 치우는 중

전등을 떼면 이런 선 두 개가 보이는데

① ②

기존 선과 새로 산 조명등의 선을
물아일체 시키고

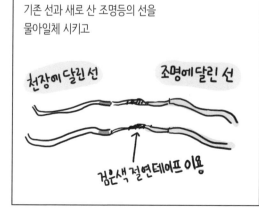

천장에 달린 선    조명에 달린 선

검은색 절연테이프 이용

조명 지지대 판을 전동드릴로 조여주면 된다.

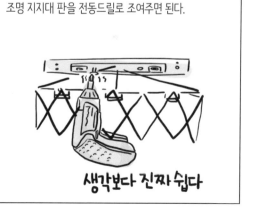

생각보다 진짜 쉽다

나머지 전구등을 조심조심 끼우고

두꺼비 집을 다시 올린다.

스위치 온.

대학합격명단 보는 듯한 떨림

딸깍

자취방이 자취카페가 되었다.

오올

아늑아늑 열매를 먹었고만.

# 서울자취생의
## 셀프인테리어
# 아일랜드 식탁

솔직히 고백하자면
...

북유럽이 정확히
어디에 있는지, 어느 나라들인지는 몰라도

아마도 여기쯤 ...?

아님 여기...?

요즘 북유럽st 인테리어에 푹 빠졌다.

심지어 '북유럽' 단어만 붙어도
콩깍지 씌어짐.

북유럽
삼선 쓰레빠 ...♡

뭐라고 딱 정의 내릴 수는 없지만
아침 6시 40분에 일어나서
식빵에 잼발라 먹을 것 같은 집의 인테리어...

이력서 취미란에
[이케아 카달로그 보다가 포스트잇으로 표시하기]
를 적어도 이상하지 않을 정도다.

IKEA

KINFOLK

북유럽템 중 제일 빠져있는 건
아일랜드 식탁.

← 가녀린 꽃

화이트&원목 소재

늘 새하얀
수건

수납왕 →

## 정의는 이러하다.

수납공간을 늘리고 공간을 효율적으로
사용할 수 있는 아일랜드 식탁은 최근 들어 부쩍 사랑받고
있는 주방가구다. 식탁과 조리대는 물론이고 홈바,
파티션 등 그 위치와 용도에 따라 다양한 활용이 가능한 아이템.

출처:[네이버 지식백과] 아일랜드 식탁 [Island Table]
(목공 DIY, 2007. 10. 1., 주택문화사)

주방 한 켠에 꼭 넣고 싶은 로망템으로
자리 잡았다.

하나 살까 했지만,

한낱 월급꼬예의
월욕을 채우기엔
너무 비싸다…!

헉

미안허이, 친구.

내가 요즘 좀
힘들어

잇을만 하면
나타나는
김월급

괜찮아 친구.
나한테 좋은 생각이 있어.

**매달 25일
김월급**

**그 다음날
김월급**

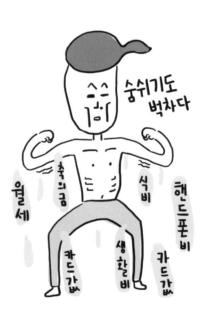

숨쉬기도
벅차다

월세

관리금

식비

핸드폰비

카드값

생활비

카드값

다이소에서 사온 것들

×2

네트통 2천원×2       네트판 2천원

이걸로 아일랜드 식탁을 만든다고?

거지인형의 집 만드는게 아니고?

기다려봐.

?

뭐야 이 꼬물 책상은...?

아일랜드 식탁.

착한사람 눈에만 보인단다?

아일랜드 식탁의 뼈대가 될
오래된 나무(무늬 흉내 합판스티커) 책상은

정말 그냥 정직한 '책상'

23살, 대학 자취 시절에 조립식으로 사서

엄마 집으로 복귀 후 버리기 애매해서
창고에서 발효시키다가

서울 자취방에 이사올 때 사은품처럼 딸려 온
계륵 같은 존재.

아일랜드 식탁이 갖고 싶던 참에

널 제물로
잡아먹어야
겠다

이 늙은 책상을 개조하기로 했다.

논란을 넘어
감동으로

Let
美 책상

인생 대반전
메이크 오버쇼

먼저 옆면.

똥을 위치
표시해두고

못을 박아준다

드릴몬!
너로 정했다!

네트판 걸고

네트통 착착 걸면

아일랜드
식탁 옆면
완성

양초, 밴드, 후크, 고무줄 등등

잃어버리기 쉬운
아이템 넣으면 짱짱

또, 방치해 둔 공간박스 두 개를 후다닥 조립해서

또 나와라
드릴몬

책상 한 구석에 쌓는다.

화장실 타일에서 툭하면 떨어지던
휴지걸이도 가져와

사이드에 붙여 준다.

목공용 본드로 고정.

안 입는(못 입는 것에 가까운) 여름 옷을
설컹설컹 잘라

살 빼면
입겠다는 객기로
샀던 초미니
원피스
2년째 방치

테이블 매트로 쓰면 아일랜드 식탁 만들기 끝.

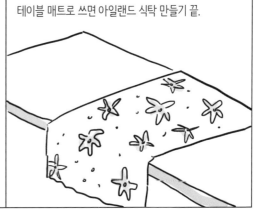

내가 애정하는
에미넴 오빠의 영화
8 mile에는
이런 명대사가 있지.

"
꿈은 높은데
현실은 시궁창이야
"

이런 비쥬얼을 기대했으나

현실은 하울의 움직이는 성...?

조잡의 끝판왕

세상에 이런 일이 〈폐지줍는 자취인 편〉에 나와도
손색없는 나의 첫 아일랜드 식탁.
조금씩 정리하다보니

쓸고 닦고

꽃병도 놓고

아일랜드까지는 아니어도
루마니아 식탁 정도 느낌...?
장족의 발전을 하였다고 전해진다고 한다고 한다.

# 노수봉의 세계지리 TIME

# 북유럽st 인테리어가 뭐예요?
## ♪♫ 이름이 뭐예요? 전화번호 뭐예요? ♪♫

인테리어 소품에 왜 '북유럽 st'라는 단어만 붙어도 솔깃하는가?!
무엇이길래 이렇게 자취생의 월급을 탈탈 털어가는 것인가?! 도대체 북유럽st가 무엇인가?!
우선, 북유럽 국가에 대해 알아보자.

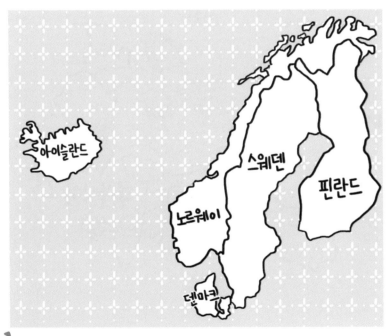

북유럽 은 일반적으로 아이슬란드, 노르웨이, 덴마크, 스웨덴, 핀란드 5개 국가를 말한다.

북유럽 국가들은 위도가 높은 지리적 특성 때문에 겨울철 해가 뜨지 않고 밤이 계속되는
극야현상과 여름철 밤에 어두워지지 않는 백야현상이 나타난다.

그렇기 때문에 대부분의 시간을 집 안에서 보내는 집순이, 집돌이가 많아지게 된 것. 하여,
자연스럽게 집안을 가꾸는 인테리어에 대한 관심이 높아진 북유럽 사람들.
우리가 애정하는 북유럽 st 인테리어의 특징은 이러한 자연 환경과 초 밀접 되어 있다.

먼저, 자연 특성상 숲이 많기 때문에 목재가 풍부하다.
그래서 퀄리티 높은 목재를 활용한 가구들이 많다.
바깥 날씨는 매섭게 몰아쳐도 목재소재의 식탁 위에서 따뜻한 스튜 한 그릇 하면
얼마나 안락안락 하겠는가! 바라만 봐도 체감온도가 올라갈 것이다.

다양한 패턴의 카페트와 커튼 등 유난히 지름신을 영접시키는 북유럽 패브릭.
자연물을 소재로 한 패턴과 따뜻한 계열의 색감들로 이루어진 패브릭은 북유럽 인테리어의 꽃!
목재와 더불어 쉽게 따뜻한 분위기를 연출할 수 있다. 동대문 원단 시장에서 천만 끊어다가
어딘가에 툭! 걸어만 놔도 북유럽st에 한 발짝 더 다가갈 수 있다.

나뭇잎, 조개, 돌 등 자연소재들을 무심한 듯 집안 곳곳 배치해 놓아보자.
과하지 않은 연출로 일조량이 적은 집안에도 따뜻한 느낌을 낼 수 있다.
여기에 은은한 간접조명까지 더하면 더욱 아늑한 북유럽sl 분위기를 연출할 수 있다.

# 그렇게 무더웠던 여름이 가고

# 책 한장 넘기듯 왔구나. 가을.

수봉씨는 취미가 뭐예요?

언젠가 소개팅에서
이런 질문을 받거나

이력서

취미?

이력서 취미란에
빈칸을 채워야 할 때

당당히 말할 수 있는
취미가 생겼다.

호호호
제 취미요...?
전 꽃...

꽃꽂이요?

소현이를 따라 처음으로
고속터미널 경부선에 갔다.

학교갈 때 애용
↓

| 갈일없던 경부선 | 자주 타던 호남선 |

에스컬레이터 타고
3층으로 이동중.

뭐지.
이 페브리즈
다우니향을
쏟은 듯한
냄새는

헉. 소름돋도록
이 이상적인
풍경은 …!

여기 고터
꽃시장이야.

난생 처음 꽃시장엘 갔다.

시장하면 보통 이런 풍경이 익숙한데

좌판엔 물고기, 채소들 대신
꽃들이 수북히 쌓여있었다.

익숙한 꽃도 보이고

유일하게
이름아는 꽃,
'장미'

생경한 꽃도 보이고

드라이하기전에도
말린 듯한 느낌의
'종이꽃'

SNS에서 자주 본 꽃도 보이고

한때 엄청유행한
#꽃스타그램
'파란 안개꽃'

썸남에게 받았던 꽃도 여기에 다 있었다.

'메리골드'의 꽃말;
이별의 슬픔,
가엾은 애정.

어쩐지 ...
얼마 못감.

261

이 꽃은 한 단에 얼마예요?

4천 원만 줘.

한송이 가격으로 한단이라니

떼어다가 녹사평에서 장사하고 싶은 가격이군

뭐 좀 샀어?

언제 그렇게 샀어?

우리처럼 취미로 온 사람들뿐만 아니라 꽃프로 분들도 보였다.

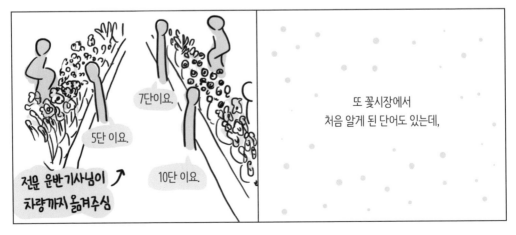

7단이요.

5단 이요.

10단 이요.

전문 운반기사님이 차량까지 올려주심

또 꽃시장에서 처음 알게 된 단어도 있는데,

얘는 '꽃의 얼굴'이
아주 예뻐요.
봐봐요,
빳빳하게 활짝 폈잖아요.

←이 부분을
꽃의 얼굴
이라고
하는구나

낭만적이야...♥

사장님, 이거 두 단 주세요.

4천 원이죠?

세 단에 5천 원.

콜.

흙에서
당근 뽑듯
꽃 한웅큼 쑤욱 뽑아

김밥말 듯 신문지에 돌돌 말아 주신다

263

아기 포대기처럼 싸여진 꽃을
받아드니

꽃한테
사랑받는
느낌

기분 완전 좋지?

ㅇㅇ대박.

바로 옆 인테리어 소품시장가서

생화 꽃시장

밤 12시 ~
오후 1시

→

조화&소품시장

밤 12시 ~
오후 6시

이런 꽃병도 4천 원에 득템!

입구가 넓은 모양.
좁은걸로 살걸
약간 후회중

잘가, 수봉아.

빠잉.

집으로 향하는 지하철.

흥캬 흥캬

꽃냄새 중독.

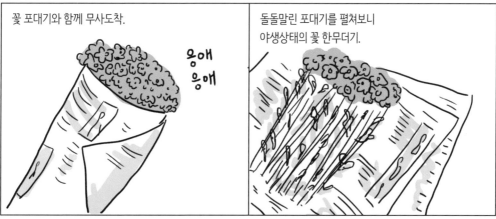

꽃 포대기와 함께 무사도착.

옹애 옹애

돌돌말린 포대기를 펼쳐보니 야생상태의 꽃 한무더기.

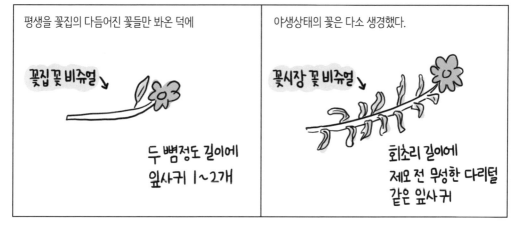

평생을 꽃집의 다듬어진 꽃들만 봐온 덕에

꽃집 꽃 비쥬얼 →

두 뼘정도 길이에 잎사귀 1~2개

야생상태의 꽃은 다소 생경했다.

꽃시장 꽃 비쥬얼 →

회초리 길이에 제오 전 무성한 다리털 같은 잎사귀

토요일 오후 1:35분

본격 꽃다듬기 시작

BGM은
미드나잇 인 파리
OST

Si Tu Vois Ma Mère
왕강추. 에펠탑 아래서
꽃다듬는 기분낼수있음

일주일 내내

하루종일 우왕좌왕

톡

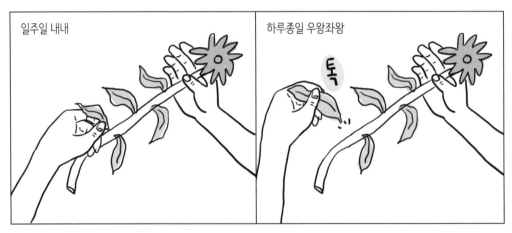

어제가 오늘인지 오늘이 어제인지
헷갈리는 요즘,

무언가에 집중하여
아무 생각 없었던 적이 있었던가.

톡

가만히 꽃을 다듬고 있다보니

어렸을 때 엄마와 고구마 줄기 다듬었을 때가 기억났다.

엄마. 왜 큰언니만 개인방 내줬어?

언니 고3이잖니.

솔직히 나줄줄 알았어

나도 크면 서울에 내 집 얻어서 독립할거야.

ㅎㅎ그러세요~

아 진짜로오-!

그러니까~

갑자기 엄마 보고싶네 ㅎㅎ

꽃 다듬기를 끝내고

10X봉투 꽉차게
나음 ↓

이제서야 익숙한
꽃집 비쥬얼 ↓

아일랜드 식탁에 한 다발.

테이블 위에도 한 다발.

화장실에도 한 다발.

한 다발은 처음부터 드라이플라워 행.

옷걸이에 말리는 것이
제일 편하다 →

자취방 곳곳이 사랑스러워졌다.

백설공주

부럽지 않구만~

그 어떤 소품으로도
대신 할 수 없는
최고의 인테리어, 꽃은
최고의 선물이기도 하다.

집안 곳곳에 꽃을 만큼 꽂았는데도
한참이 남아서

아직도 저만큼
남았다니
가성비 좋보소

결국 문방구가서 비닐포장지와 끈을 구매.

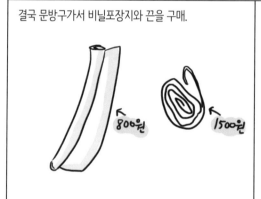

800원

1500원

미니 꽃다발을 만들었다.

다음 날, 회사.

팀장님~
꽃 선물이에요~

오~
고마워요.

김대리님,
꽃선물이에요.

우와!

270

# 송충이 사회초년생 시절

너는 내가 아는한
가장 쓸모없는 애야

막말의 어머니는 막말.

# 나도 한번 해볼까?
## 소녀소녀 꽃 인테리어

### 고속터미널 꽃시장

📍 위치
고속터미널 1번 출구(경부선) 서울고속버스터미널 갈색 건물 3층

🕐 시간
생화 : 밤 12시 ~ 오후 1시 / 조화 : 밤 12시 ~ 오후 6시
매주 일요일 휴무

### 남대문 꽃시장

📍 위치
회현역 5,6번 출구 대도종합상가 3층

🕐 시간
월화수목 : 새벽 4시 ~ 오후 3시
금토 : 새벽 4시 ~오후 4시
매주 일요일 휴무

꽃시장 TIP 휴무일이나 공휴일 전날, 그리고 마감 1시간 전에 가시면 궁극의 떨이를 맛보실 수 있습니다.

# ✽ 꽃 관리 기본팁

✽ 매일 사선으로 조금씩 잘라주면 흡수력이 좋아져 더욱 오래 간다.

✽ 매일 물을 바꿔주자. 꽃은 살아있는 생명체. 신선한 물을 좋아한다.

✽ 물 닿는 부분은 이파리가 있으면 안 된다. 깨끗하게 다듬자.

✽ 자주 쓰는 소재인 리시안은 얼굴에 물이 닿으면 빨리죽고,
수국은 물을 자주 주어야 오래 볼 수 있다.

✽ 장미처럼 가시가 많은 꽃은 젖은 신문지 등으로 가시부분을 문지르면 쉽게 다듬을 수 있다.

✽ 꽃시장은 월수금에 꽃이 들어온다. 그때 가면 가장 싱싱한 꽃을 만날 수 있다.

✽ 모든 꽃이 드라이플라워가 되진 않는다. 꽃집 주인에게 가능여부를 물어보자.

✽ 꽃을 살 때 꽃 이름을 영수증에 적어달라고 하자. 나중에 다시 살 때 큰 도움이 된다.

✽ 만들고 싶은 꽃다발 사진을 보여드리면 흔쾌히 조합해주신다.

✽ 드라이플라워로 만들 때는 거꾸로 매달아 서늘한 곳에 놓는다.

✽ 드라이플라워를 꽃병에 꽂아줄 땐 완전히 말린 후 꽂아야 한다. 곰팡이 피기 십상이다.

✽ 각 계절을 대표하는 소재 두 개를 섞어 쓰면 계절의 중간을 연출할 수 있다.
(ex.보리&하와이안 잎 - 초가을)

80데니아가 30데니아의
가고 계절이 왔다.

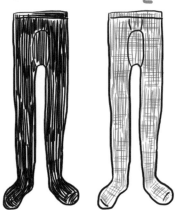

봄이 왔다고요.

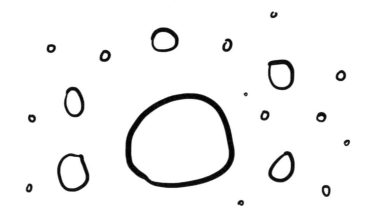

동그라미는 삐뚤어져도 동그라미.
나는 삐뚤어져도 나.

올곧으려고 너무 노력 안 해도 돼

## chapter 06

# 월세에서
# 월세로

- 전세는 사치! 옮길수록 스킬이 쌓이는
월세우스의 띠 -

집으로 가는 밤길에 만난
길고양이에 더 이상 놀라지 않고

무더웠던 여름도 뺨을 스쳐가고

송충이의 애정결핍도 무뎌지고

점심메뉴도 가끔 내가 선택하고

10분 지각에도 변명거리를 굳이 생각하지 않고

나뭇잎도 빨강염색 했다가

잠자러 흙 속으로 돌아가고

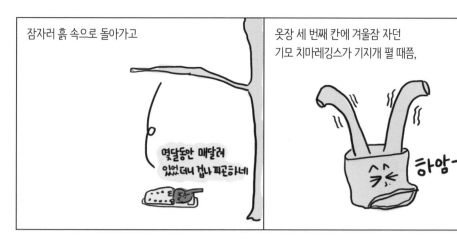

옷장 세 번째 칸에 겨울잠 자던
기모 치마레깅스가 기지개 펼 때쯤,

겨울에 구한 내 방에 다시 겨울이 찾아왔다.

치깅스를 뺀질나게 입던 어느 날,
사내에 흉흉한 소문이 돌았다.

수봉씨, 그거 들었어?

어떤거요?

회사 이사간대~

헐! 진짜요?
설마! 에이~

속닥거리지만
다들리는 데시벨

언제나 그랬듯 아니 땐 굴뚝엔 연기가 나지 않았다.

소문이 돌고 얼마 후 회사가 진짜 이사했다.

회사 이사가 무슨 큰 대수겠냐만

지금 방을 보금자리로 간택한 큰 이유 중 하나가
가까운 거리.

새로 이사간 회사 때문에 출퇴근 교통비가 추가로
들게 되었다.

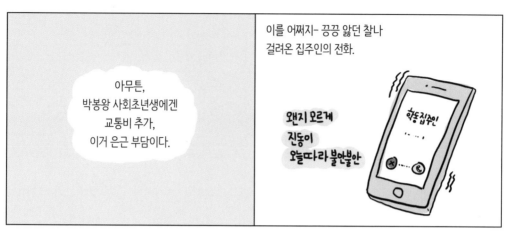

아무튼,
박봉왕 사회초년생에겐
교통비 추가,
이거 은근 부담이다.

이를 어쩌지- 끙끙 앓던 찰나
걸려온 집주인의 전화.

왠지 오르게
진동이
오늘따라 불안불안

학동집주인

4층 아가씨죠?
잘 지내셨어요?

네~ 안녕하세요.

벌써 계약기간 다 되어가네요~

네~ ㅎㅎ

다름이 아니라
집세 좀 올리려고요.
이 주변 시세 다
오른거 아시죠?

어…얼마나요?

올것이
왔구나…!

십만 원이요.

네…?

마른 하늘에 날벼락같은 통보였다.

그 집이 워낙 싸기도 했고
더 올릴려다가 월세 꼬박
내주니까 고마워서.

아…네…
선심가.

회사도 이사가서 교통비 부담에 월세 인상까지.

끼야악~

물가의 정령

죽어봐라 소서민!

이사 간 회사근처로 이사 결심을 했다.

두 번째 서울자취, 서울보금자리 조건.

보증금은 MAX 천만원.

기존 500에서 두배. 그 월급받고도

1년동안 악착같이 모았다. 수고했다. 내 자신

걸에서 출퇴근 가능한 거리.

교통비 아껴 생맥값 법시다!

그 외 기본적인 조건들.

풀옵션 / 깨끗 / 안전 / 환기

처음 집을 알아볼 때와 마찬가지로
방구하는 방법은 세 가지.

부동산　부동산
　　　　카페　부동산
　　　　　　　어플

회사일이 너무 바빠
그 중 부동산 어플을 적극 이용했다.

부동산　부동산
　　　　카페　부동산
　　　　　　　어플

부동산 어플로 회사 근처 집 시세들을 살펴 봤는데

찍방 vs 따방

경쟁구도로 서비스 더 좋아짐.

원하는 가격대를 설정하니

가격대 설정 전

매물이 거의 없었다.

1000에 40-50 설정 후

그 근방은 다 마찬가지.

나빼고 모든 물가가
다 올라가는 느낌...

물가

넌 계단으로
올라오렴♥

283

그래도 포기하지 않고 틈틈이 샅샅이 살펴서

이토준지만화인줄??

몇 군데 보기로 했다.

네~ X방 보고
전화드리는데요~

여기 바로 근처예요.

회사랑도
가깝긴 하네

점심시간
← 틈틈이 보는중

서류상 반지층인데
거의 1층이라고 보시면 돼요.

아... 누가봐도
반지층인데여...

여기말고
다른 방도 있는데
보실래요?

그 방은 방금 나갔고
다른 좋은(당연히 더 비싼)방
보여줄게요 ^^

계속되는 미끼릴레이
(지금은 맘이 없어졌다고 함)

오! 괜찮은 방

아~
최선을
다해
지친다

그래도 간혹 좋은 분들도 계신다.

요즘 방 구하기 힘들죠?

좋은 방 구하실거예요.
너무 걱정마요.

그렇게 7-8개 방을 보고

괜찮은 방은 양해를 구하고 사진으로 찍거나
간단메모 해두었다.

점심시간에 촉박하게 봐서 그런지
딱히 맘에 드는 곳이 없었다.

그나마 휸3이 낫긴한데 ...

흠

그러다 습관적으로 새로고침을 하는데

아졸려
그냥잘까...

방금막
업데이트된
매물 →

아르누보풍 구린 꽃무늬 벽지와
관광 기념품 옥팔찌 색 몰딩이 인상 깊던 사진 속 집.

다음 날.

이번에도 맘에 안들면
후보 3번집 계약해야지.

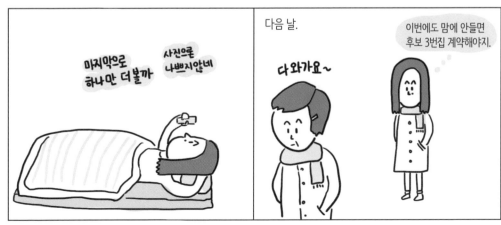

마지막으로
하나만 더 볼까

사진으론
나쁘지않네

다와가요~

여기예요.
충도좋죠?

201

실물로 본 마지막 집은

처음으로 사진보다 괜찮았다.

방 크고
괜찮죠?

오오
벽지와몰딩은
실물이 더 구리다

서울자취 1년 해봤다고
방을 보자마자

가상 가구배치를 빠르게 슉슉슉

저기다가
아일랜드 식탁
놓으면 되겠군

가격대비 2평 정도 큰 것도
마음에 들었고

287

가장 마음에 들었던 것 중 하나는 바로 큰 창문.

지금 집은 산타할배가 와도
절대 못 들어올만한 사이즈.

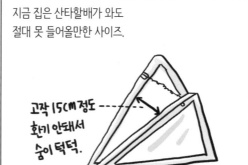

고작 15CM정도 ----
환기 안돼서
숨이 턱턱.

창문 햇살을 받으며 일어날 생각하니
완전 마음에 쏙 들었다.

창문이
엄청크네요
ㅡ!

화장실에 세탁기가 있는 것도 좋고.

화장실에서
등을 펼수있다니ㅡ!

월세도 훌륭한 편.

45만원
무려 관리비 포함가

현재 집 월세 오르면 6만원 세이브

풀옵션, 회사와의 거리, 월세
모든 것이 조건에 맞았지만

보증금이...! 처음 예산보다 천만 원을 초과했다.

두둥-!

**보증금
2000만원**

두둥-!

두둥-!

두둥-!

이런 방은 금방 빠져요.

단골멘트지만
이번엔 진짜 임을 직감.

저 고민 좀
해보고 올게요.

---

밤새 계산기를 두드렸다.

이 거리면
교통비 세이브되고

여행적금 깰까

지금 집 월세
10만원 오르면...

아 맞다! 복비

내가 비상금이
있던가

500만원만
부모님한테 손 벌려?

---

개떡같은 집에!
개떡같은 생활에!
개떡처럼 아꼈는데!

언제나 그랬듯 돈계산만 하면 속상해지는 밤이 흘렀다.

왜 돈이 없는거야야
왜 에에에에에에...에
개떡같아아아아아...

누가 내몸하나
쳐간지러처

김개떡 (2)

290

대출상담 창구로 갔다.

안녕하세요~

서류는 준비해오셨죠?

네. 여기.

전날와서 상담함 →

주섬주섬

엄마, 아빠에게 도움을 받을까 잠깐 생각도 했지만

여기
여기
여기

싸인해주시고

평생할 싸인 다 하는듯

이제서야 본인들 노후준비 하시는데 손벌리기 싫었다

집에 갈때 마다 한숨갈씩 늙어계신 엄마아빠

난생 처음듣는 단어들로 공격받고

신용조회 등급에 따라 이자는 XX%세요

마이너스 통장은 아니시고

중도상환시 X% 저쩌고

월급통장 어쩌고

대출이라는 걸 했다.

다 되셨고,
심사 후 입금 될 거예요.

약소하지만
선물이에요

여행용 칫솔셋트 →

약간 이자내고 저축한다고 생각하자.

아. 감사합니다.

웬만하면 되실 거예요 ^^

못 갚으면 신용불량자가 되는 부담도 있지만

내 부담감에
비하면 정말 약소하군

서울자취는 내가 선택한거니
내가 해결하고 싶었다.

진짜 됐네,
대출.

고객님 대출이 되셨다
앞으로 연락드...
갚아요♥

보증금이 마련되고,
현재 집주인과 방 뺄 날짜를 협의했다.

콜!

새세입자구하셔야 되니
한달뒤 콜?

2000/45, 두 번째 자취집 가계약을 했다.

훗날, 진상의끝을
보여준 새집주인

계약금 200
보내시고 나머지는
이사 날 보내주시면 돼요~

응 엄마 오늘 가계약 했어.

응응.

회사랑 가깝고.

다히한테도 보여줬어 괜찮대.

1000에 45.

에이~ 그동안 천만 원은 모았지 ~ 내가~누구 딸인데.

엄마에겐 약간의 거짓말을 했다.

가계약도 끝나고,
집주인과 이사날짜도 조율하고,
이제 진짜 이사만 남았다.

이사 D-2주.

직장인의 유일한 일탈.
과자먹으며 밀린예능보기 TIME

D-1주.

아...
이러고 있을 때가 아닌데...

부모님 집 → 자취방 때와는 조금 다른
자취방 → 자취방 이사준비가 시작됐다.

단출했던 첫 서울자취 살림.

1년만에 자가 세포분열했는지 엄청 불어나버렸다.

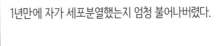

처음엔 아빠와 둘이 이사했는데

드는척 하지마라

이번엔 둘이 하면 몸살 나기 딱 좋을 것 같았다.

아부지 보시면 거절하시겠군.

이삿짐 센터를 부르기엔 소박하고 귀여운 양.

에게?

그래서 1톤 트럭 용달차 아저씨를 부르기로 했다.

비용: 운포 약 10만원. 지역마다 차이있음.

오지않을 것만 같던 이사 전날 밤은
첫 눈 오듯 진짜 와버렸고,
지난 1년이 스쳐 지나갔다.

특이한 집구조 덕에 에어컨 설치도 안 되는 방.

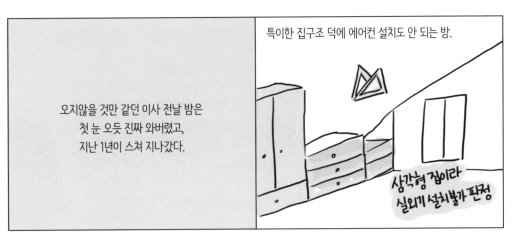

삼각형 집이라
실외기 설치불가 판정

무더위가 찾아왔을 때 사투를 벌였던 일.

안녕?
난 무더위야
만나서
반가우니
옥죄기 한판

흔들흔들

옥

말이 덥지?

다벗고
1일1비비빅으로
버팅

밤마다 옆집 커플의

혈기왕성 BGM을 자장가 삼아야만 했던 일.

덩기덕
쿵더러러
덩기덕 쿵덕

아흥♥
아흥♥
아흥♥

주방에서 돈벌레를 발견하고는

죽여야하나 살려야하나 진지하게 고민했던 일.

결국 천장으로 도망치고
난 부자가 되지 않았다

저거 죽이면
돈 못번다던데…

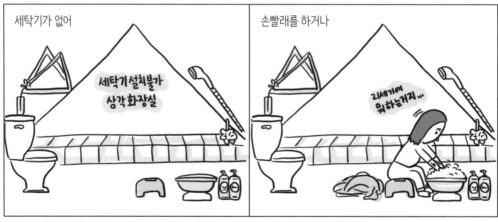

세탁기가 없어

세탁기 설치불가
삼각 화장실

손빨래를 하거나

21세기에
뭐하는거지…

세탁방에 맡기다가

컴퓨타세탁

아아
쉐리냄새

한벌지 7-8천원.
쉐리 듬뿍 넣어주신다.

5개월 만에

돌돌돌
돌돌돌

지하에 왜
세탁기 탈수소리?

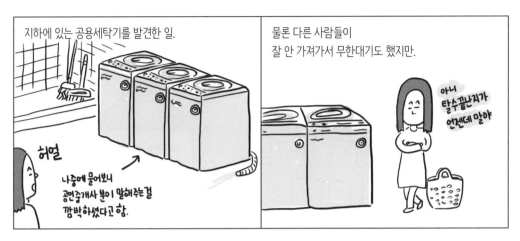

지하에 있는 공용세탁기를 발견한 일.

허얼

나중에 물어보니
공인중개사 분이 말해주는걸
깜박하셨다고 함.

물론 다른 사람들이
잘 안 가져가서 무한대기도 했지만.

아니
탈수끝날지가
언젠데 말야

한밤중 연락없이 찾아온 썸남이

똑똑!
《수봉씨-!》

지나가다가
수봉씨 생각나서
초콜렛 샀어요

수줍게 마음을 전해주고 간 일.

...

《쾅!》

EBS 청춘드라마보다 건전한 놈...

차라도
마시고가
이싱키야

이번이
몇번째야

적당히
건전해라

# 나의 첫 서울 자취방

1년동안 나, 이곳에서 꽤 많은 추억들을 출산했구나.

이사 당일.

집주인이 구석구석 이상없는지 체크하고

요리를 거의
안하셨나봐요~
깨끗하네요~

하핫. 네~

회사에서
사육당하느라...

부동산에서 이번 달 가스요금과 전기세를 정산.

전기세는 1만 800원
가스비는 4만 2천원
입니다.

네.

집주인에게 보증금을 돌려받았다.

오구오구
내오백이
잘이쩌쩌쩌
?

누나 보고싶었지

5,000,000

저기요
부담되거든요

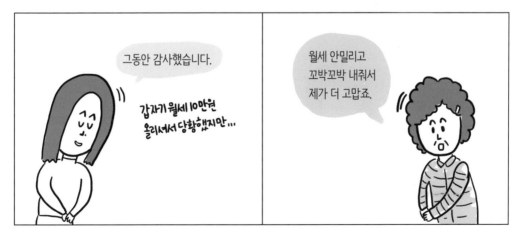

그동안 감사했습니다.

갑자기 월세 10만원
올리셔서 당황했지만...

월세 안밀리고
꼬박꼬박 내줘서
제가 더 고맙죠.

미리 섭외한 용달차 아저씨와

짐 다 싸놓으셨죠?

아빠와 둘째 형부와 내가

수봉아- 짐 다 쌌나?

처제- 나왔어-

열심히 짐을 옮겼다.

처제, 말한 것보다 짐이 좀 많네. 한겨울에 땀날 정도로 하하.

둘째 형부, 웃으며 할 말 다 하는 스타일

그러게요. 탕수육까지 사드릴게요.

짐을 옮기고 보니 1톤 트럭 한가득.

그만 올려 이송게야

안녕, 나의 첫 서울자취방

# Q7
## 살고 있는 도중에 집주인이 바뀌었어요. 어떻게 해야 해요?

나의 세 번째 서울 자취방.

생전 연락 없던 집주인에게 어느 날 전화가 왔다.

"301호 아가씨, 안녕하세요! 집주인이에요."

"네, 안녕하세요. 무슨 일이세요?"

"아, 별일은 아니고, 제가 그 집을 팔아서요. 집주인 바뀔 거예요."

"네?"

이것이 무슨 소리인가? 별일이 아니라는 집주인의 이야기는

나에게 별난 일로 다가왔다. 그리고 얼마 뒤,

"네, 여기 은행인데요. 새 집주인이 그 집을 담보로 대출을 받는다고 해서요."

대출? 담보? 뭐야 이거! 집주인씨, 나랑 장난해요?

나 망한거야? 고소할꺼야!!!!!!!

워워. 진정하자. 결론부터 말하면

전입신고하고 확정일자를 받은 당신의 계약은 무사 안전하다.

우리의 '주택임대차 보호법'에 이런 조항이 있기 때문이다.

### 제3조(대항력 등)1항~6항
**4항.임차주택의 양수인은 임대인의 지위를 승계한 것으로 본다.**

앞서 진행한 전입신고와 확정일자를 통해 우리는 이 집에 낸 보증금만큼의 권리를 가지고 있다. 그리고 새로운 집주인은 나보다 늦게 계약한 것이기 때문에 권리 순위가 나보다 낮다.
하여, 은행에서도 내 보증금을 제외한 만큼만 담보를 잡고 대출을 진행하는 것이다. 그래도 임대차계약서의 명의자가 바뀐 것에 마음 한켠에 찝찝한 구석이 가시지 않는 것이 당연지사. 이 경우엔 기존 임대차 계약서에 특약사항을 쓰고 임대보증 영수증을 받는 것으로 진행한다.

TIP. 새 집주인과 새로운 계약서를 쓸 경우, 나는 그 집의 권리 순위에서 새 집주인보다 밀려나게 된다. 이 점 유의하자!

# Q8

# 자취방 계약이 만기되어서
# 다른 집으로 이사 가려면 어떻게 해야 해요?

월세는 보통 1년~2년 단위로 계약을 하는데,
다른 집으로 이사를 원할 경우 계약종료 2~6개월 전에
집주인에게 사전 통보를 해야 한다.
만료 후 임대인 / 임차인 간에 서로 아무런 이야기가 없을 경우
자동 연장 계약(MAX 2년)이 되기 때문이다.

이때 집주인과의 중요한 대화는
통화 녹음 또는 문자로 남겨두는 것이 좋다.
기록이 없다면 나중에 집주인이 딴 소리를 해도
받아칠 증거가 없기 때문이다!

## 진행 순서

1. 집주인과 이삿날을 정한다(나는 새로운 집을, 집주인은 새로운 세입자를 알아봐야 하기 때문에 기간을 넉넉히 잡는 것이 좋다. 서두르면 실패한다 나처럼...).

2. 내가 이사할 집을 알아보고 계약한다(그렇다. 그 힘든 여정을 또 한 번 겪어야 한다. 여기서 유의사항! 내가 살던 집에 새로 들어올 세입자와 이사 날짜를 맞추길 원하는 집주인이 있을 수 있으니 새 집을 계약하기 전에(딱 만기일을 모두 채우고 나갈 것이 아니라면) 집주인과 날짜를 조정하는 것이 좋다).

3. 이삿짐 옮길 방법을 선택한다(짐이 많이 없는 경우는 용달차, 짐카 등으로 소화하면 된다. 작은 이사를 전문으로 하는 곳도 많으니 여기저기 미리 전화해서 가격을 흥정하고 날짜를 예약한다. 짐 빼는 이삿날과 새로 들어갈 이삿날의 기간이 맞지 않을 경우 이삿짐보관 업체를 이용하자).

4. 이삿날. 집주인이 집에 파손된 부분이 없는지 확인한다. 파손된 부분이 있을 경우 수리비를 청구한다(이때 너무 더럽다고 청소비를 요구하는 집주인이 더러 계시오니 웬만하면 깨끗이 치우고 나가자).

5. 부동산 중개업자가 당월 미납 가스비/전기세/월세를 계산하여 청구한다(직거래로 계약한 집의 경우엔 직접 이 과정을 처리해야 한다. 각각 이를 처리해주는 상담번호가 있으니 이삿날 전에 전화로 문의하면 된다. 또한 미리 알아두고 현금을 준비하면 편하다).

6. 보증금을 돌려받는다(안전하게 계좌이체로 받자. 반드시 받고 나서 이사를 가야 한다. 새로운 세입자가 늦게 온다면서 먼저 가면 나중에 준다는 위험한 말에 빠지지 말자. 아무도 책임 못 진다).

7. 새로운 보금자리로 이사한다(이 날 당신은 넋다운).

8. 전입신고와 확정일자를 받는다.

TIP. 만기가 되어 나갈 경우 기존 집의 부동산 복비는 내가 내지 않아도 된다. 하지만 순진무구한 월세 초보자들에게 복비를 요구하는 집주인이 있으니 정신 반짝반짝 차리자.

# Q9

# 계약 종료가 다가오는데
# 이 집에서 계속 살려면 어떻게 해야 해요?

자취 좀 해본 분들이라면 주위 사람들에게 '묵시적 갱신'이라는 말을
얼핏 들어본 적이 있을 것이다.
주택임대차보호법 제4조 제2항에서는
'기간의 정함이 없거나 기간을 2년 미만으로 정한 임대차는
그 기간을 2년으로 본다.
다만 임차인은 2년 미만으로 정한 기간이 유효함을 주장할 수 있다'
라고 규정한다.

쉽게 말해 임대차기간은 1년을 계약해도 임차인(나)은 최소 2년 동안
집주인에게 기간존속을 주장할 수 있다는 것이다
(하여 임대차 계약기간은 2년보다 1년 계약하는 것을 추천한다).

## 임대차기간 갱신 전개도

임대차기간 만료 2개월~6개월 전에 집주인이 갱신 거절통지를 하지 않으면 계약은 전 임대차와 동일한 조건으로 갱신된다.

임차인(나)은 2년 동안 다시 임차권을 주장할 수 있고, 내가 그 전에라도 계약을 해지하고 싶은 경우에는 집주인에게 해지통고를 하면 그로부터 3개월 후에 임대차 계약은 종료하게 된다.

## 이 규정은 오로지 임차인을 위한 것!

그렇기 때문에 계약기간 1년이 끝나서 나갈 테니 보증금을 돌려줘요! 라고 했는데, 집주인이 2년 동안 임대차가 유효하니 보증금을 못 줘! 라고 반박하는 것은 불가하다(세상에 '을'을 위한 법이 이렇게 존재했습니다, 여러분).

하지만 월세 연체 /주택 훼손 등 임차인의 의무를 지키지 않는다면 묵시적 갱신은 인정되지 않는다.

## 계약 종료 전 이사 가야 할 경우

임대차 기간을 바톤터치할 세입자를 셀프로 구해야 한다(임대차 계약기간은 어떻게든 지켜야 하기 때문이다).

1. 집주인에게 사전 통보한다.

2. 본인이 직접 매물을 내놓는다(부동산 어플/카페 등).

3. 세입자를 구한다(중개수수료는 본인 부담).

# Q10
## 이사 가려는데 집주인이 보증금을 안 줘요! 어떡하죠?

임대차계약의 종료가 끝나고 드디어 새로운 자취방으로!

이삿날이 왔다. 정상적인 절차상으로는 집주인은 계약이 종료된 시점에 임차인에게 보증금을 전액 반환해주어야 한다. 하지만 보통 몇 백에서 많게는 몇 천만 원하는 보증금이기에 자금의 여유가 없는 집주인의 경우엔 새로운 임차인이 나타나면 준다고 한다. 양해를 부탁하다가 "몰라, 배 째!"하며 태도가 돌변하기도 한다.

하지만 보증금을 준비 못 하는건 집주인 사정이다. 이 세상에 도움이 필요한 곳이 얼마나 많은데 집주인을 동정할 여력 따위 나에겐 없다! 나의 소중한 보증금이 더 불쌍해!

우리의 권리보호를 위해 반드시 알아야 하는 것이
임차권 등기명령제도이다.

## 임차권등기명령제도

임대차 기간이 종료되어 이사를 해야 하는데 보증금을 돌려받지 못하고 이사를 하거나 다른 곳으로 전입신고를 하게 되면(주민등록 전출) 종전에 얻었던 대항력 및 우선 변제권을 잃게 된다.

임차권등기명령제도는 바로 이런 상황에서 이사(주민등록 전출)를 해도 대항력과 우선변제권을 그대로 유지시켜주는 제도이다. 이 제도의 중요점은 집주인에게 임차권등기명령을 신청한다고 통보하는 것 자체가 압박이 될 수 있다는 것. 등기 등의 내용을 자신의 집과 관련해서 듣게 되는 것이 부담이고, 실제 등기가 진행될 경우 등기부등본에 등기사항이 하나 추가된다. 그러면 자신의 부동산 내역에 지저분한 이력이 존재하는 것이므로 집주인으로서는 껄끄럽기 때문이다(새로운 세입자가 등기부등본을 보고 거래를 꺼려할 수 있으니까).

그러니 임차권등기명령제도를 기억하여 우리의 소중한 보증금, 꼭 지켜내자.

## 임차권등기명령제도

**[신청자격]**
1. 임대차가 종료된 후 보증금을 반환 받지 못한 임차인에 한한다.
2. 임대차 기간 종료 전에 미리 임차권 등기를 할 수는 없다(종료 후에만 가능).

**[신청절차]**
1. 신청법원: 임차건물의 소재지를 관할하는 지방법원 또는 시, 군 법원
2. 신청필요서류: 임대차계약서 사본(확정일자 기재) / 주민등록등본 / 등기부등본 / 임차권 등 기명령신청서 / 등기부상 용도가 주거시설이 아닐 경우 주거용으로 사용증명할 서류(건물 사진 등)

**[등기비용의 청구]**
약 5만 원 이내. 임차인은 소요비용을 임대인에게 청구할 수 있다.

**[등기절차]**
임차권등기명령을 발한 법원은 임차주택 소재지를 관할하는 등기소에 지체 없이 재판서 등 본을 첨부하여 임차권 등기를 촉탁한다.

**[임차권등기명령의 효력]**
대항력 및 우선변제권의 취득 및 유지

출처: 전월세지원센터 주택임대차보호법 해설

TIP. 실제 등기부등본에 등기가 된 것을 확인하고 이사를 가는 것이 좋다. 임차인을 보호하기 위한 제도이기 때문에 집주인의 동의가 필요 없다.